재일에스닉잡지연구회 번역총서

오사카 재일 조선인 시지

진달래 2

지식과교양

일러두기

1. 시의 띄어쓰기 및 문장 부호는 원문대로 표기하는 것을 원칙으로 하였다.

2. 일본어를 한국어로 표기할 때는 기본적으로 문교부(현재 문화체육관광부)의 '외래어표기법'(문교부 고시 제85호-11호, 1986년 1월)을 따랐다.

3. 지명, 인명 등의 고유명사는 기본적으로 일본식 표기법과 한자에 따랐다. 단, 잡지나 단행본의 경우 이해하기 쉽도록 한국어로 번역하였으며 원제목을 병기하였다.

4. 한국어로 된 작품은 원문 그대로 표기하였다.

5. 판독이 불가능한 부분은 ●●●로 처리하였다.

6. 각호의 목차와 삽화는 한국어 번역과 함께 일본어 원문을 실었다(간혹 밑줄이나 낙서처럼 보이는 흔적은 모두 원문 자체의 것임을 밝혀둔다).

7. 원문의 방점은 굵은 글씨로 표기하였다.

8. 주는 각주로 처리하되, 필자 주와 역자 주를 구분해 표기하였다.

역자서문

  그동안 재일조선인 시지詩誌 『진달래』는 존재는 알고 있었으나 그 실체를 일본에서도 전혀 알 수 없었던 잡지였다. 풍문으로만 들었던 『진달래』와 『가리온』을 드디어 번역본으로 한국에 소개하게 되었다. 2012년 12월 대부분이 일본 근현대문학 연구자인 우리들은 자신의 삶과 역사에서 동떨어진 기호화된 문학연구를 지양하고 한국인 연구자로 자주적이고 적극적인 관점에서 일본문학을 바라보고 싶다는 생각으로 「재일에스닉잡지연구회」를 발족했다.

  연구회에서 처음 선택한 잡지는 53년 재일조선인들만으로는 가장 먼저 창간된 서클시지 『진달래』였다. 50년대 일본에서는 다양한 서클운동이 일어났고 그들이 발행한 서클시지에서는 당시의 시대정신을 읽을 수 있다. 오사카조선시인집단 기관지인 『진달래』는 일본공산당 산하의 조선인 공산당원을 지도하는 민족대책부의 행동강령에 따른 정치적 작용에서 출발한 시지이다. 50년대 일본에서 가장 엄혹한 시대를 보내야만 했던 재일조선인들이 58년 20호로 막을 내릴 때까지 아직은 다듬어지지 않은 자신들만의 언어로 정치적 전투시와 풀뿌리 미디어적 생활시 등 다양한 내용으로 조국과 재일조선인의 현실을 기록/증언하고 있다. 창간초기에는 정치적 입장에서 '반미' '반요시다' '반이승만' 이라는 프로파간다적 시가 많았으나 휴전협정이후 창작주체의 시점은 자연스럽게 '재일' 이라는 자신과 이웃으로 확장하게 된다. 정치적 작용에서 출발한 『진달래』는 내부와 외부의 갈등 및 논쟁으로 59년 20호로 해산을 하게 되는데 '재일' 이라는 특수한 환경과 문학적으로 자각한 그룹만이 동인지 『가리온』으로 이어지게 된다.

『진달래』는 15호 이후는 활자본으로 바뀌었지만 14호까지는 철필로 긁은 등사본의 조악한 수제 잡지였다. 연구회의 기본 텍스트는 2008년 간행된 후지出판의 영인본을 사용했는데 간혹 뭉겨진 글자와 도저히 해독조차 할 수 없는 난해하고 선명하지 못한 문장들은 우리를 엄청 힘들게도 만들곤 했다. 매달 한 사람이 한 호씩 꼼꼼히 번역하여 낭독하면 우리는 다시 그 번역본을 바탕으로 가장 적당한 한국어표현 찾기와 그 시대적 배경을 공부해 가면서 9명의 연구자들이 매주 토요일 3년이라는 시간을 『진달래』『가리온』과 고군분투했다.

　한국에서의 번역본 출간을 앞두고 2015년 1월 이코마역에서 김시종 선생님을 직접 만나 뵈었다. 김시종 선생님은 분단이 고착된 한국 상황에서 이 책이 어떠한 도움이 되겠는가? 혹시 이 책의 번역으로 연구회가 곤혹스러운 일이 생기는 것은 아닐까 하는 염려와 우려에서 그동안 김시종이라는 시인과 조국과 일본사회와의 불화의 역사를 짐작할 수 있었다. 사실 우리 연구회에서도 『진달래』와 『가리온』의 정치적 표현에 대한 걱정도 없지는 않았으나 그렇기 때문에 더욱더 50년대의 재일조선인 젊은이들의 조국과 일본에 대한 외침을 한국에 전해야 한다는 생각이 들었다.

　끝으로 이 번역본이 재일 일본문학과 한국의 국문학 연구자에게 조금이라도 도움이 되었으면 하는 소망을 담아본다.

2016년 2월
재일에스닉잡지연구회
회장 마경옥

『진달래』·『가리온』의 한국어판 출간을 기리며

1950년대에 오사카에서 발행되었던 재일조선인 시지詩誌 『진달래』와 『가리온』이 한국어버전으로 출간된다고 한다. 전체를 통독하는 것만으로도 힘들 터인데, 잡지 전호를 번역하는 작업은 매우 지난한 작업이었을 것이다. 먼저 이처럼 힘든 작업을 완수해 낸 재일에스닉잡지연구회 선생님들의 노고를 치하하고 싶다. 나 또한 일본에서 『진달래』와 『가리온』 복각판을 간행했을 때 참여했었는데, 이 잡지들이 지금 한국 독자에게 열린 텍스트가 되었다는 사실을 함께 기뻐하고 싶다.

『진달래』는 제주 4·3 사건의 여파로 일본으로 탈출할 수밖에 없었던 김시종이 오사카의 땅에서 좌파 재일조선인 운동에 투신했던 시절 조직한 시 창작 서클 '오사카조선시인집단'의 기관지이다. 『진달래』는 한국전쟁 말기에 창간되어 정치적으로 조선민주주의인민공화국을 지지하는 입장을 취했는데, 구성원으로 참여했던 재일 2세대 청년들이 시 창작을 통해 자기를 표현하는 매체로 급속히 발전한 결과, 전성기에는 800부나 발행되기에 이른다.

이처럼 『진달래』는 전쟁으로 불타버린 조국의 고통에 자극받은 재일 2세대 청년들이 미국의 헤게모니와 일본 사회의 차별과 억압이라는 동아시아적 현실에 대해 시로서 대치하면서 전개된 공간이었으나, 한국전쟁 휴전 이후 동아시아의 국제 공산주의 운동이 재편되는 과정에서, 일본어로 시를 창작하는 『진달래』는 민족적 주체성을 상실했다는 조선민주주의인민공화국의 격렬한 비판을 받으면서 중단된다. 그 결과로 『진달래』의 후속 동인지 성격의 『가리온』에서 창작에 대한 태도를 관철시켰던 김시종, 정인, 양석일 3인 이외의 구성원은 붓을 꺾게 되었고, 이들 세 사람조차 표현자로 다시 부활하기까지

기나긴 기다림이 필요했다.

　앞으로 『진달래』와 『가리온』을 대하게 될 한국의 독자들이 앞서 언급한 동아시아현대사란 문맥에서 이 텍스트들이 만들어졌고 또한 사라져갔다는 사실을 염두에 두면서 읽어 주기를 나는 기대한다. 다시 말해 정치적 과부하가 걸려 있던 이 텍스트를 과도한 정치성이라는 측면만이 아니라. 한국 전쟁에서 그 이후에 걸친 동아시아 현대사의 격동기를 일본에서 보내야 했던 재일 2세대 청년들의 시적 증언으로 읽어 주었으면 하는 것이다. 내가 『진달래』와 『가리온』을 일본에서 소개할 무렵 강하게 느꼈던 감정이 이런 독법의 필요성이었다는 사실을 한국어판 독자에게 전하는 것으로 서문을 대신하고자 한다.

오사카대학 대학원 문화연구과 교수

우노다 쇼야 宇野田 尚哉

6호

7호

8호

9호

10호

12호

第6号

진달래

大阪朝鮮詩人集団

제 6 호

(1954년)

구름의 신호

미야자와 겐지宮沢賢治

아아 좋다 생기가 넘치는구나
바람이 불어오고 농기구가 반짝반짝 빛나고 있고
산은 여유롭게
화산암경岩頸도 돌매화꽃岩鏡도
모두가 시간이라는 것이 존재하지 않을 때의 꿈을
꾸고 있다.
　　그 때 구름의 신호는
　　벌써 푸르른 봄의
　　금욕이 하늘 높이 걸려있었다
산은 여유롭게
시혼스기四本杉에는 반드시
오늘밤 기러기가 앉는다

　　　　　　　　　（『봄과 수라春と修羅』 제1집에서）

목 차

편집후기

雲の信号　宮沢賢治

あゝいゝな　せいせいするな
風が吹くし
農具はぴかぴか光っているし
山はぼんやり
岩頸だって岩鐘だって
みんな時間のないころのゆめを
みているのだ
その時雲の信号は
もう青白い春の
禁慾のそう高く掲げられていた
山はぼんやり
きっと四本杉には
今夜は雁もおりてくる

（〝春と修羅〟第一集より）

＝＝＝진달래第6号目次＝＝＝

올바른 이해를 위해서

김시종

우리 집단도 결성한 지 어느덧 1주년을 맞이하였다. 어제와 같은 사건도 있었지만, 어쨌든 작품집 『진달래』를 5호까지 발행하고 보잘 것 없지만 그 발자취를 이곳 오사카大阪에 남겼다. 오사카로 말하자면 우리 조선인에게는 이국, 일본 땅에서 고향과 같은 곳으로, 거의 모든 재류 동포가 이곳을 기점으로 모이고 흩어져가는 인연이 깊은 곳이다. 그런 만큼 더 정이 깊다. 이곳에서 태어나 자란 우리들이 서로 모여 사랑이야기와 같은 따뜻한 이야기에서부터 왕성한 젊은 혈기로 국가를 걱정하고 사회를 논하는 이야기에 이르기까지 종류를 가리지 않고, 서로 문제제기를 할 수 있었던 광장이 『진달래』였다는 것을 생각할 때, 질적인 평가는 제쳐두더라도 그 큰 포부에 우리는 설레고 있다.

만 12개월이 지나 작품집 5호는 결코 큰 성과라고 말할 수 없을 것이다. 그러나 5호까지 발간하는 동안 쓰는 작업에 어느 정도 자신감을 갖게 되고, 사물을 통찰하려는 의지력이 조금씩이나마 길러진 것은 결코 작지 않다. 나는 그런 견지에서 과거 1년의 발자취를 되돌아보고 우리들이 당면한 여러 가지 문제를 제기해 보고자 한다.

첫째, 우리잡지의 성격은 문자 그대로 서클지이지 동인지가 아니다. 기교파의 시에 만족할 수 없었던 우리가 조국해방전쟁을 수행 중인 조선인으로서 생생한 목소리를 모아 한 호 한 호 발행해 왔는데, 아무래도 이 시도는 실패한 것 같

다. 조국을 너무 의식한 나머지 모든 관점을 여기에 연결시
키고, 평화와 승리를 절규하여 그 작품을 완성시키려는 공
공연한 사고, 아니 그렇게 의식하려고 노력한 관점, 게다가
대부분 낯선 조국을 모티브로 삼았기 때문에 자칫하면 작품
은 관념적으로 되기 쉽고, 격한 분노를 담은 작품이라도 그
절규는 허공에 울려 퍼졌다. 이 폐해는 단지 작품에 한정된
것이 아니라 진달래가 고민해 온 대부분의 원인도 여기에
있던 것 같다.

　보다 많은 신인이라고 말하면 어폐가 있지만, 민족조직체
와 그다지 관련이 없고, 뚜렷하게 조국조선을 의식하지 않
은 사람들, 특히 청년층들과 '문학애호자'라는 공통점으로
이어져 있어야 하는데 우리들의 절규는 그와 같은 사람들을
오히려 두렵게 만들어 버린 것은 아닐까? 이 징후는 우리
내부에도 나타나 많은 회원의 창작의욕을 저하시킨다. 4호
의 첫머리에서 많은 회원들이 작품을 쓸 수 없게 되었다고
호소했지만, 이것을 단순히 공부부족으로 치부하며 그 핵심
을 파악할 수 없었던 지도층—특히 나 개인의 안이함은 자기
비판만으로 처리될 문제는 아니다. 참고로 이정자李静子 동
지의 작품을 예로 들어 살펴보자—우리 집단에서 유일한 조
선 문학회 회원이지만 굳이 그녀를 예로 들어 보겠다—정자
씨가 회원이 된 것은 제3호부터였다. 그리고 그녀는 「하룻
밤의 친구에게ひとやの友に」라는 가작을 썼지만, 합평회에서
일찍이 좌절하고 바로 다음 호의 작품부터 도망치기 시작한
다. 「하룻밤의 친구에게」의 비평을 종합하면(조직 활동가의
말이 대부분이지만) 대체로 두 가지로 나눌 수 있다. 하나는
너무 현실을 모른다는 점이고, 또 하나는 작품전체가 너무
안이하다는 것이다. 즉 감옥살이를 경험하지 못한 사람이

감옥을 노래한다는 것은 무리가 있다는 결론이었지만, 나 또한 잘 몰랐기 때문에 온 힘을 다해 그러한 비판에 저항할 수 없었던 것으로 기억한다. 그러나 이와 같은 비판을 확대해서 보면 폭격을 당한 인간만이 전쟁에 반대할 수 있다는 말이 될 수 있기에, 그녀에게 가해진 비판은 조금 심한 것 같다. 왜냐하면 그녀는 그녀 나름대로 주변에서 일어나는 탄압을 몸으로 느꼈던 것이고, 문제는 한겨울에 감옥의 동포에게 보내는 마음의 순도인 것이지, 투옥된 동지들이 웅크리고 있든지 건강하든지 숨을 쉬든지 쉬지 않든지 간에 그것은 중요하지 않은 이미지의 편린에 지나지 않기 때문이다. 그와 같은 것을 중요한 문제로 삼아서 논쟁을 할 때에는 비평하는 사람과 비평 받는 사람과의 거리가 있다. 또한 그녀도 그 리얼한 감각을 포착하지 못하고 제5호의「삐라 붙이기ピラ貼り」를 창작하기에 이른 경위는 진중하게 생각해 봐야 할 문제이다.

　다음으로 제4호의「고향의 강을 연모하며ふるさとの江によせて」인데, 이것은 전작「하룻밤의 친구에게」와 같은 리듬의 작품이다. 이 리듬은 그녀 특유의 멋진 것이지만 여기에서 나는 그녀의 작품의 모티브 전환을 놓칠 수 없다. 설령 그 전환이 해당호의 편집방침에 따른 글쓰기 방법 이였더라도 3호의 합평회 이후의 그녀의 발언에 비추어보면 다른 회원의 대부분이 그러하듯이, 조국이라는 테마 추세에 달려 들고자하는 초조함이 발현된 것은 아니었을까? 혼탁한 물로 뒤섞인 조국의 강을 한 줄기의 깨끗한 강으로, 청정의 칭송을 희구하는 아주 약한 작품으로 끝내는 경향이 있다는 것을 부정할 수 없을 것이다.

　내가 제3호에서 제5호까지 3개의 작품을 나열해서 가장 문제로 삼고 싶은 것은 역시 제5호의 「삐라 붙이기」이다. 왜냐하면 작품자체의 시기적인 차이도 엄청나지만, 무엇보다 그녀의 실생활과는 거리가 먼 테마였기 때문이다. 그녀를 아는 모든 사람이 작품 자체에 대한 평가보다도 먼저 그녀와 작품을 연결시켜 말하는 것도 무리가 아닐 것이다. 그렇다고 해서 그전의 경험을 바탕으로 이미지의 허구가 문학에서 이루어지는 경우도 있으니 나쁜 것은 아니다. 그렇지만 혹 비판하는 사람이 있어서 "이것은 대중에 대한 기만이다"라고 단정 지어도 대답할 논리를 갖추지 않은 것도 사실이다. 그렇다고 해서 나까지 그런 논조에 동조하지는 않는다. 특히 내가 문제로 생각하는 것은 그러한 작품을 썼다는 것보다, 왜 그와 같은 주제를 정했는가에 대한 근본적인 문제이다. 굳이 말하면 우리 집단의 근본을 이루고 있는 하나의 스타일이여서, 그녀 자신의 책임만은 아니라는 것을 말하고 싶다. 그럼 그 근본이란 무엇인가? 한마디로 말해서 평소에 쓰고 있는 작품과 진달래에 발표하는 작품을 구별하지 않으면 실을 수 없다는 것이다. 우리 집단의 강한 정치색이다. 프로퍼갠더를 강조한 나머지 그 필요성을 지나치게 강요한다는 사실이다. 그로 인하여 회원들은 일상을 쓴 작품을 보고 머뭇거릴 수밖에 없다. 자신의 정치성-사상성에 자신을 갖지 못한 채 「삐라 붙이기」와 유사한 작품이 나오는 것이다. 그 사람의 선한 의지를 인정하지 않고 결과물만을 보고 비판하는 비평 방법은 동지 간에 서로 삼가 해야 한다고 생각한다.

이번 호(6호)에 이정자의 작품 「모자의노래帽子のうた」는 아직 발표 전이기 때문에 어쨌든 나 개인의 주관을 드러내고 싶지 않지만, 아무래도 마음에 걸리는 것이 하나 있다.

그것은 이번 작품도 마찬가지로 우리의 유·무형의 압력에 의해서 작품의 틀이 강압되었을 우려가 있다는 것이다. 나의 지나친 염려라면 다행이겠지만, 매번 "신혼의 따끈따끈한 부분을 하나……." 라고 말해서 낯 뜨겁다.

어쨌든 거침없고 자유로운 집단이고 싶다. 거침없이 작품을 쓸 수 있고 발표 할 수 있고 즐겁게 서로 다가설 수 있는 우리 집단이고 싶다. 벌써 지면이 다 되어 예정했던 2,3을 쓸 수 없지만, 언젠가 기회가 있다면 우리 잡지의 전반적인 질적 측면에 대해 다루고 싶다. 끝으로 하나만 더 명확히 해 두고 싶은 것이 있다.

그것은 제약 없이 작품을 쓰라는 것이 특별히 사적인 작품(이와 같은 표현이 있는가는 잘 모르겠지만 소설에 사소설이라는 장르가 있기 때문에 시에도 가능하다고 생각한다)의 장려를 의미하는 것은 아니라는 사실이다. 꽃이나 달에 비유해서 자신만의 세계를 고집하는 센티멘털리즘은 결단코 배척한다. 그것은 젊은 세대로서 새로운 세계를 담당할 우리들이 가장 침투 받기 쉽고 또한 비뚤어진 사회의 희생양이 될 우려가 많기 때문이다.

1954년 2월 16일

지금 하나의 벽을 무너뜨리자
-김시종 씨의 편지에 답한다-

(재일조선문학회) 김민

오늘 김시종金時鐘씨로부터 편지를 받았다. 그 편지 중에 "근래에 모두가 쓰지 못하는 벽에 부딪쳤다. 자신이 평소에 쓰고 있는 것과 진달래에 쓰는 시가 꽤 다른 것 같다."라는 것이 씌어 있었다. 그것은 매우 중요한 것이다. 이 말은 진달래가 1년의 시간을 거치면서도 아직 모두의 것이 되지 못한 것을 의미한다. 자신이 쓰고 있는 그대로의 시를 진달래에 실어서 대중의 비판을 받지 않고, 끊임없이 '대중' 이라는 말의 관념이 먼저 머릿속에 있기 때문에 자신이 실감할 수 있는 작품을 쓰지 못했다고 할 수 있다. 대중이야말로 좋은 감시자이다. 작자자신이 감동 받지 못하는 시가 대중의 공감을 불러일으키는 것은 불가능하다. 대중의 생활-투쟁을 쓰는 것은 소중한 것이다. 그러나 '이렇게 쓰면 대중은 기뻐할 것이다' 라고 어림짐작하여 시를 쓰는 것은 위선이다. 자신이 적을 마음으로부터 미워하지 않으면서 적을 미워하라는 것은 거짓이다. 위압적인 태도만이 능사가 아니다. 문학에서 허세는 필요 없다.

그러나 이것은 독자가 아닌 서클자체의 위상만을 신경 쓰는 활동가 자체에도 문제가 있는 것 같다. 먼저 작품 제목, 성명만으로 작품을 인상적으로 비판한다는 것이다. '저 녀석은 저런 작품을 쓰는군' 이라는 선입관으로 진달래를 비판해서는 안 되지 않는가? 이것은 가장 비변증법적이다. 투쟁을 멈춘 시인은 발전하지 않는다. 끊임없이 곁눈질을 하는 문학자는 문학자가 아니다. 실감적으로 파악되는 대중을 묘사하고 그러한 작품을 대중의 날카로운 시선 앞에 내놓는 것을 통해서 자신을 단련해야 할 것이다. 시는 자신을 위로하기 위해서 쓰는 것이 아니다. 매 호마다 시를 써도 아무도 평을 하지 않는다. 불평이 있을 뿐이다. 정말 시를 쓰는 것이 싫어졌다고 해서 시를 쓰지 않는 것도 역시 올바르지 않다. 올바른 비판 활동이 없는 것도 바람직하지 않지만, 시란 칭찬받기 위해서 쓰는 것이 아니다. 쓰지 않을 수 없는 것이며 읽을 수밖에 없는 것이다. 그런 절실한 곳에 시는 개재介在하는 것이라고 나는 소박하게 생각한다.

　우리서클운동은 지금 매우 활발하게 태동하고 있다. 그러나 그 도정은 멀다. 어중간한 마음으로는 안 된다. 진달래는 5호를 냈고, 그런 중에 각각 몇 편의 시를 썼지만 만족할만한 것은 아직 없다. 건방진 소리지만 사업에 일종이라고 생각한다. 자신의 노트에 쓰는 시를 용감하게 진달래에 털어놓아야 한다. 그리고 대중의 평가를 받아야 한다. 자신 안에 또 하나의 자신의 성을 쌓는 것은 대중을 기만하는 것이다. 이것은 진달래 창간사를 다시 읽어보면 명확하다. 서클 안에서 아직 뒤쳐진 사람도 있을 것이고 진지하게 임하지 않는 사람도 있을 테지만 모두가 투쟁하면서 좋아질 것이라고 생각한다. '저 사람이 저렇게 좋은 시를 썼으니 나도 그런 시를 쓰지 않으면 모두에게 악평을 받을 것이다'라고 기죽을 필요는 없다. 또, 동시에 '나는 이런 시를 쓰고 있는데 저 녀석은 아직도 저런 시를 쓰네'라는 자만도 필요 없다. 문제는 각자가 누구를 위해 시를 쓰고, 그 시를 쓰는 자신은 자신의 시를 읽는 사람들에게 그것이 얼마만큼 진지하게 전달되느냐가 문제이다. 나는 여기에 하나 덧붙이고자 한다. 우리들은 아직 자신의 시에 너무 자만하는 것 같고, 타인의 시를 그다지 읽지 않는 것 같다. 즉 너무 공부를 하지 않는 것 같다. 이것은 진달래의 여러분에게 말하기보다 나 자신에게 말하는 것이다. 1년이 지났다면 각자가 조금씩 좋아져야만 한다. 좋아지지 않는 것을 '바쁘기 때문에'라고 치부해 버릴 수 없다. 즉 시는 전투의 무기로써 쓰고 있기 때문이다. 그것은 정면에 있는 적과 같이 엄격함을 가지고 자기 자신 안에 살고 있는 또 하나의 적에 대한 것이기도 하다. 적 앞에 굴복하는 것은 전투를 버리고 시를 버리는 것이다. 동시에 대중과 함께 밝은 조국의 미래를 믿는 것은 아직 자기의 가능성을 믿는 것이다.

김시종 씨!

이상의 글을 쓴 나의 생각은 당신의 고민에 대한 답의 일부가 되었는지 모르겠소이다. 미일반동이 광란하고 있는 이국 일본에서 향후 우리들의 문학운동은 보다 강한 신념과 불굴의 투쟁 없이는 완수할 수 없을 것이며, 이미 5호가 간행된 진달래의 발전을 마음속 깊이 기원하며 오늘은 이것으로 맺겠소이다. 그럼 집단 여러분께 안부 전해주소.

2월 9일 밤 도쿄東京 나카노中野에서

새장 속의 작은 새였던 나에게

강청자

새장 속의 작은 새여
자 훨훨 날아라
벗어난 새장 밖의
넓은 대기와 자유를 알았을 때
너는
진실의 환희의 노래를 부른다.

나는
나의 생활을 노래한다.
그 생활의 기쁨과 괴로움을
밝은 리듬으로 노래한다.

다시 새장 속으로
돌아오지 않는 작은 새와 같이
모두가 좋아했던
예전의 나로
돌아올 수 없다.

여동생

권동택

점심에.
도시락을 열었더니
검은 머리카락 한 올이 길게 가로 누워 있네.
틀림없이 여동생의 것이겠지.

이른 아침
내가 아직 잠에서 깨어나지 않았을 때
여동생이여 너는
어두운 부엌에서 나의 도시락을 싸고 있네.

어머니는
벌써 한 달이나 병상에 누워 있어
생활은 너무 어렵고
너의 얼굴은 어둡다.
그렇지만 우리들은 건강하니까
항상 밝은 미래를 생각하며
열심히 살아가자
여동생이여.

산책

양원식

포근한 겨울 햇살 속에
환우와 초원을 산책했다.
  오 이 탁 트인 절경.
  맑은 푸른 하늘.
  끝없이 펼쳐진 초원.
  고원의 호수는 은물결.
  이 달고 찬 대기.
  작은 새가 연주하는 경쾌한 심포니.
아아 이것이야 말로 자연의 아름다움이다.
순간, 나의 다리가 공중에 뜬다
앗 하는 순간
캄캄해진다
눈에서 불똥이 튄다.
  나는 초원에서 한 구덩이에
  쏙 떨어졌다.
옷의 진흙을
털면서   친구에게
  "이 구덩이 말야, 토끼 잡는 구덩이인거야?"

"무슨 말을 하는 거야
보안대의 참호이지"
나는 점점 화가 났다.
　제기랄 !
　구덩이에 빠질 때
　있는 힘껏
　아파 아파라며 소리 질렀다!!

그러고 보니
이곳도 훈련지였지
일본은 어디에 가도 똑같지.
환자, 즉 우리들이 쉴 수 있는 곳도
없다니…….

　　　　　　　　　1954. 1 . 6 아오노가하라靑野ヶ原에서

휴가병

권경택

통근도중
오전 7시의 오사카大阪역에서
나는 눈을 크게 떴다.
플랫폼에 휴가병이 떼 지어 있는 것이다.

어렸을 때부터 듣던 할아버지의 땅.
아직 보지 못한 나의 아버지의 땅에서
초목을 송두리째 뽑아버리려고 한 놈들이다
조선을 세균투성이로 만든 놈들이다
그런 원수가
찌든 때로 번들거리는 총을 어깨에 메고
60미터 내 눈앞에 서 있다.
나는 힘껏 주먹을 쥐었다
주먹밖에 없는 것이 슬프다.

귀가길

강순희

조용한 밤길,
나의 나막신만이
당당하게
큰소리로 울려 퍼지고 있다.

오토모마치大友町 시내의 가로등이
나란히 하라미마치腹見町까지
이어지는 이 길은
익숙한 길이다

4년 전에는
조선인학교 폐쇄령 철회를 위해
차가운 밤공기를 씩씩한 얼굴로
매일 밤 다니며 익숙해진 이 길

오늘밤은
용감하고 씩씩하다
우리조국을 지키는 인민군의
창건 6주년 기념을 맞이하기 위하여

그 빛나는 승리를 축하하려고
동지들이 즐겁고
밝은 웃음소리를 연주한다
끊임없는 노래 소리 속에
문화센타에서 돌아가는 길이다

저 방은 민족무용
이 방은 발레
저곳은?
코러스입니다

그리고 이곳은
연극연습장!

조용한 밤길
나의 나막신만이
스스럼없이
높게 울려퍼진다

아름답게 서있는 가로등도
귀엽게 깜빡이는 별도
나의 밤길을
밝게 해준다.

설령 이해 못하는 나의 부모님이
늦게 귀가하는 나를 힐책하더라도,
나는 동지들과의 유대를 끊지 않겠다
내일도-또 내일도
이 길을 계속 다닐 것이다.

모자의 노래

이정자

시집올 때
함께 온 파란색의 모자여.

한번 강한 바람소리를 들은 이후
어둠 속에서 나프탈렌과 지낸 모자여

너는
어린 신부의 머리카락 냄새를 맡지 마라

너는
어린 신부의 즐거움을 알지 마라

너는
바람에 스치는 기쁨을 노래하지 마라

너는
다시 떠오르는 태양의 빛을 사모하지 마라

너는
자유로운 대기의 공기를 마시려 하지 마라

너는
아름답게 날아오르는 모든 것을 보지 마라

너는
시집 올 때 모자인 것을 잊어버릴 때

너는 그때
참된 바람의 향기를 알 것이다

너는 그때
이 모든 것을 색별할 수 있을 것이다

너는 그때
목청껏 자신의 노래를 부를 수 있을 것이다

너는 그때
바람의 소리보다 큰 소리로 노래를 부를 수 있을 것이다

너는 그때
자신의 모습도 신부의 마음도 알 수 있을 것이다

시집 올 때
같이 온 파란색 털실 모자여

나프탈렌의 냄새 속에서
자 각오는 되었는가.

의지

안휘자

(1)
모진 바람이여, 모진 바람이여,
나에게 오너라
그리고
휘~이 휘~이
있는 힘껏
불어라 마구 불어
오너라

(2)
밟히고
밟혀도
활짝 핀 꽃
늠름한 꽃
나는 이 꽃처럼 되고 싶다
대지를 향해 확실히 숨을 내뱉는다
담을 가득 덮어가는 꽃

아리랑 노래[1]

이구삼

목가적인 조선민족이
수많은 노래 가운데에
가장 애창하는 것은
아리랑이었습니다
아리랑은
조선민족을 일컫는 대명사였습니다

아리랑을 부를 때
누구나 향수에 젖어
애절해 지기도 하고
깊은 한숨이 나오기도 합니다

그러나 아리랑은
사람들을 슬픔과 애수에

잠기게 하지 않았습니다
애수에 찬 이 멜로디는
사람들에게 고귀한 반작용의 원리를 가르칩니다

---

[1] 목차에는 누락된 작품임.

아리랑은
사백 년의 역사를 가지고 있습니다

항상 피지배자와 함께 했던 노래
피압제자와 함께 걸어온 노래
아리랑은
그런 만큼 아름답기도 하고
증오에 찬 노래이기도 합니다

아리랑은 이제
과거의 절망만은 아닙니다
모든 사람들이 사랑하고 친숙한
투쟁에 대한 암호입니다

애절한 리듬 속에서도
이상하게 옷깃을 여미게 하는 노래
증오가 솟구치는 노래
 '많은 사람들이
이 노래와 함께 죽어'
간 것을 생각할 때
전율이 멈추지 않는 노래
그 사람들의 의사를 전할 때까지
나는 아리랑의 노래를 계속 부를 것입니다

역사를 창조하는 초석이었던
연민의 노래
목적지의 중간지점에서 쓰러져 간 사람들의
절망의 노래
그러나 역사는 이것을 이어받아
반작용의 원리를 찾아냈습니다.
실제로 그것은 계속 응용되고 있습니다
그 증거로는
조선민족은 절망의 민족이 아니었던 것입니다
(모씨와의 논쟁 중에 기록)

조선문학회 오사카지부
머잖아 결성으로[2]

　이번에 전국적인 조직으로 재일조선인 문학운동의 추진주
체인 조선 문학회 오사카지부가 결성되었다. 이것은 획기적
인 의의를 가질 것이다. 예전부터 12만의 동포가 살아 온
오사카에서의 조직적인 문학운동은 전무하다고 할 정도로
찾아 볼 수 없고, 겨우 오사카 조선시인 집단만이 서클운동
을 전개하고 있었던 것에 지나지 않았다. 지난 1월의 시인
집단 제2회 총회에서 지부결성의 문제가 의제로 올라 문학
회의 한종양韓宗錫, 김시종으로부터 여러 의견이 나와 구체
화 되는 데 이르렀다. 당분간 시인집단을 중심으로 결성되
지만, 이것을 계기로 이번에는 꼭 오사카에 확실히 뿌리를
내리게 하겠다. 기차를 놓치지 않도록 재일오사카문학애호
가의 분발을 바란다.

---

2) 목차에는 누락된 문장임.

[논단]

우왕좌왕 문화제

백우승

연초부터 2월까지 재일오사카 각 민주단체의 여러 행사가 많이 열렸는데 언제나 다른 용무가 겹쳐서 가지 못했다. 다행이 2월8일 조선인민군 창건 6주년을 기념해서 열린 오사카 조선인 문화총회가 주체한 문화제에는 아무 일이 없어서 오랜만에 대중적 분위기를 즐길 수 있었다.

그러나 나는 이 문화제가 주체 측 사람들의 노력에도 불구하고 기대에 어긋난 실패로 끝난 것에 놀랐다. '오십원'의 회원권이 비싸다는 구차한 불만은 하지 않겠지만, 모인 대중의 불만은 어쩔 수 없거니와 나 자신도 안절부절 못하는 문화제는 한 번도 본적이 없다. 여기에서 두세 가지 느낀 점을 적어보고자 한다. 나는 제대로 된 비평을 할 수 없어서 비평답지 않은 비평으로, 게다가 그것은 혹독한 것일지도 모른다. 그렇지만 향후에도 있을 것이다. '대중복세大衆服勢'의 정신에 반하는 이와 같은 실패를 극복하여 조금 더 행사를 계획적으로 진행시키기 위한 나의 사견이다. '문화제'라는 이름을 붙였다고 특별히 예능인 같은 모습을 보일 필요는 없지만 좀 더 대중을 즐겁게 하고 기쁘게 해야 할 것이다.

x　　x　　x

1부, 2부, 3부로 17개에 이르는 풍성한 프로그램은 우선 1부의 기념강연부터 휘청거렸다. 강사가 이틀에 걸쳐서 완성했다는 40장의 원고 내용은 회장에 있던 나조차도 전혀 들을 수가 없었다. 의미 깊은 건군 6년간의 조선인민군의 역사를 몇 분 만에 말하라는 것은 아니지만, 모처럼의 기념강연이 알아들을 수 없는데다가 언제 끝날 지도 모르는 소요시간이 청중의 소란함을 한 층 더 조장한 감이 있다. 건군기념일이다. 이러한 강연을 설령 말 주변이 없는 누군가가 하더라도 청중은 잘 들어 주길 바란다. 항상 느끼는 것인데 이것은 조선인의 나쁜 습관의 하나인 것을 명기해 두자.

x x x

풍성한 프로그램, 이것은 좋다. 그렇지만 이것을 모두 보지 않고서는 산해진미를 앞에 놓고 수갑이 채워져 있는 것과 다름없다. 프로그램의 진행도 이것과 다를 바 없다. 사전양해 없이 전후를 바꾸기도 하고 예정에도 없던 것을 길게 하기도 하고, 또한 그곳의 청중에게 들은 것은 청년층이 기대하고 있던 송재랑宋才娘 독창과 세계민요 순회공연 등은 결국 하지도 않고 끝났다는 것이다. 몇 번이라고 할 것도 없이 같은 무용을 수차례나 반복해서 보여주면, 아무리 그 무용이 동포에게 사랑 받는 것일지라도 참을 수 없다. 이미 주위에는 하품소리가 들려오고, 소근 거리는 소리도 점점 커지는데 관중을 도외시한 무대의 '열연'이 계속되니 '문화제'가 질릴 정도이다.
이러한 재앙은 결국 마지막 극인 '아침은 밤을 거쳐 온다朝は夜を経てくる'에 까지 이르렀다. (이 때부터 자리를 뜨는 사람이 많다)
각본(김시종), 연출(고일명胡一明, 홍종근), 그 외 베테랑 멤버가 만반의 준비를 마치고 실력을 뽐낸다 한들 중도에 중단을 선언을 해야 하는 상황에 몰려서는 결국 어떤 호소

도 할 수 없는 것이다. 끝까지 진행했더라면 그것이야 말로
극의 제목처럼 "밤을 밝혀 아침으로 바꾸는" 괴로움을 준
것이다.

　만약에 이것들이 더 적절한 지도하에 주도적이고 계획적으
로 할 수 있었다면, 그 정도로 매일 이 날을 위해 밤늦게
까지 연습했던 서클 및 조선 고등학교 학생들의 노력은 많
은 박수갈채를 받았을 텐데…….

x　　x　　x

　이러한 중에서도 뛰어난 것이 적지 않게 있었다. 이것들
에 대하여 비평할 지면을 할애하지 못하는 점은 진심으로
유감이다. 2부 시작의 니시이마西今 중학교의 취악부吹奏楽에
이어서 행해진 이쿠노샤리지生野舎利寺조선소학교 남녀 한 쌍
에 의한 무용, 특히 남자어린이는 커다란 박수갈채를 받았
다. 우선 이것은 뒤에 서술할 시 낭독과 함께 이 문화제의
으뜸이었을 것이다. 시인집단주재 김시종은 감기에 걸려서
힘들었는데도 훌륭했다. 목이 많이 아팠을 텐데 큰 목소리
였다. (원래 김시종은 검술이 뛰어나서 그의 목에서 나오는
소리는 검을 소지하지 않고도 사람을 압도시키는 무술가이
기도 하지만) 그의 작품 「인민군호가人民軍護歌」를 이 기념
일에 걸맞게, 그의 한결 같은 정열을 회장 전체에 발산시켜
좋은 분위기를 만든 것은 그를 아는 한 사람으로서 매우 기
뻤다. 게다가 이것이 창건 6주년으로 조국의 해방과 세계평
화를 위해 투쟁하고 위대한 영예를 쟁취한 조선인민군의 발
자취를, 청중을 잠시도 졸게 하지 않은 그의 '노래 소리'
에 몰입하게 한 것은 기념강연의 실패를 멋지게 만회하여,
이 문화제의 의의를 조금이라도 많은 대중에게 침투시킨 점
에서 크게 평가될 만한 것이라고 생각한다. 이런 것을 보며

작금의 오사카에서 우리 문화제 수준을 통감하지 않을 수
없다.

　주체적인 역량을 무시해서는 공격하는 쪽도 지나친 비평
이 되는 것이다.

　조금 서투르긴 했지만, 오사카 전체의 서클 활동가가 한
곳에 모였다는 것은 향후 발전할 요소를 강하게 보여준 것
으로 이해하자.

일본의 식탁

홍종근

굶주림

굶주림이
비틀거리고 있다

개가 고양이가 웅크리고
아이가 여자가 바싹 달라붙어
　아스팔트 위에서
　동사자는 누워있다

거리는 변모했고
마을은 황폐해지고

온 나라를
불경기가 뒤덮었다

대포의
요리법을 모르는
우리들은
몸도 마음도

굶주리고 있는데

기름진
요리사들은
접시 가득
포탄을 올려놓고
나른다

제기랄
범죄자 놈!
이봐
다음은 뭐야……
역시 그렇지
저울이 무겁게 번쩍거린다

어라
폭탄을 갈고 있는 놈이
씩하며 이곳으로 향한다
그 얼굴은 낯익다!

　　분명 학자였을 터인데

아아
어디선가
가슴에　철렁 내려앉는
멜로디가 흘러 나온다

의옥疑獄[3]

그 얼굴에서 봤다
기구機構 이면에
숨은 그 눈에
군침을 흘리는 탐욕에
나라는

---

3) 범죄의 흔적이 뚜렷하지 않아 죄가 있고 없음을 결정하기 어려운 사건
   을 일컫는 말이다.

심하게 오른쪽으로 기울어진다
진흙탕 속에서
정치는 썩어
메탄가스가 가득하다

끝없는
의혹의 그림자로
무엇이 거래되고
누가 희생이 되었는가

냉소주의가
횡행하고
헐떡헐떡
언덕을 비틀비틀 올라간다

장관이 마시고
말단공무원이 두 손을 비비며
장사꾼이 만족스러운 웃음을 짓고
잿빛 하늘을
미국의 포탄이
일본의 어선을
내쫓는다

차가운 온도

소전담

이 차가운 온도!
언제가 그 속에서 자랐다
그 그리운 북국北國의 차가움인가
뜨거워진 머리를 식히고
무기력하게 젊은 정열을
깨닫게 해주네
나는 그것으로부터 등 돌려 왔는데
지금은 잊고 있었던 상처부위를 상기시켜
잠시 동안의 휴식을 준다

자, 시시한 옛 생각과 잡념을 털어버리고
대지를 밟고 가자
내가 자라온 자연에도
이와 같이 눈에 띄지 않는 애정이 있었던 것을
그만 잊고 있었다
차가운 온도는
내 자신에게, 인간에게, 인생에게
작은 애정을 상기시켜 준다
이 차가운 온도 속에서
내 몸 조직이 지금 조용하게 연소하고 있다

벌써 따뜻한 봄도 눈앞에 다가오고 있다
때로는, 발에 걸려 넘어져, 상처를 입어도
나는 또 다시 일어서서 가리라

차 소리

라안나

진눈깨비가 흩날리고 조용한 아침이 온다
희미하게 다가오는 차 소리
또 멀리 사라져간다
　이불 속에 나는
　어머니와 함께 생활했던 옛일을 떠올린다

쓰레기통을 뒤지는 수레에
나와 여동생의 단발머리를 들이밀고
교토의 뒷골목을 더듬어 걷는다
그때의 추억을
오늘 아침에도 차는 날러 준다

　'어젯밤에는 거울 앞에서 당신과 만났습니다
내가 웃으면
당신도 자상하게 웃어줍니다
그리움에 "어머니…"라고 속삭였습니다
그렇지만 역시 겨울 속의 얼굴은 나였습니다'

규슈九州의 바닷가에서 부르면
들리지도 모릅니다. 저 섬에

어머니는 우리를 잊어버리고 살고 있을지도 모른다
　그리고 나도 친절한 새어머니와의 생활이 이어진다

그래도 잊지 않으려는 마음이여
보잘 것 없는 장보기의 차바퀴와 함께
언제까지 계속 돌아다닐 생각일까?

당신과 함께

고순희

당신이 걷는 길이
험한
가시밭길인 것을
나는 알고 있다
당신은 새로운 내일의
빛나는
길을 걷고 있는 것을.

간절히 갈망하는
진실을 얻기 위하여
망설임 없이
그저 한결같이 전진한다

당신이 걷는 가시밭길을
나는 당신과
모든 것을 함께 하면서 나아간다
우리들 일하는 사람의
사회를 만들기 위해
평화를 사랑하기 때문에
나는 당신의

보다 나은 협력자로서

그리고

보다 나은 동지이고 싶습니다.

투고환영

하나. 시·평론·비평·르포르타주를 모집합니다.

하나. 400자지 원고지 4장까지

하나. 마감은 매월 말일까지

하나. 글자체는 명확·정중하게

하나. 원고는 일절 반환하지 않습니다.

하나. 보낼 곳은 당 편집소 앞

投稿歡迎

一、詩・評論・批評・ルポルタージュを
募ります

一、四百字詰原稿四枚迄

一、〆切ハ毎月末日迄

一、書体ハ明確・丁寧に

一、原稿ハ一切返却致しません

一、送先ハ 当 編集所宛

이카이노

김희구

이카이노猪飼野에 와서 이치조거리一条通り를 걷는다
이카이노에 와서 옛날을 추억한다

이곳에서 성장했다
이 거리에서 작은 꿈을 계속 그렸다
일찍이-저 모퉁이에서 고민을
산들바람에게 나지막이 털어놓았다
그 사람은 가난한 조선의 딸

굳은살이 생겨서 그녀의 손바닥은 투박했다
기름과 얼룩으로 더러워져 있었다
어딘가에서 돌풍과 같이 떨고 있었다
기도하듯 엄숙한 밤하늘이 빛나고
그 그림자에 숨겨온 그리움은 조용하게
움츠러들지 않고 아득한 곳을 품고 있었다

이 나라가 눈 내리는 북쪽 끝으로 흘러갔다
그녀는 어쩌고 있을까?
건강하게 살고 있을까?

　얼어붙을 것 같은 겨울 밤
차가운 기계가 살 속에서 용솟음치는 것
고향의 늙은 어머니의 꿈에 나타나는 것
포위된 방이 검게 그을린
잿빛의 칸막이벽을 뚫는다-
뱃속에서 화가 치밀어 오른다

아아 지금은 무언가 이야기해야지
마음이여 이카이노에 와서 이치조거리를 걷는
너만큼 이 세상에서 믿을만한 진실은 없다
　자 봐 아버지가 바로 정면에서 오는 것
이 보인다
　어머니가 양손을 올려서 부르는 것이 확실히
들린다 그러자
그 앞의 모퉁이에서 그녀가
눈동자를 반짝이면서 달려온다-그리고
너의 겨울 방에 언제까지나 꺼지지 않는
등을 켜준다

안테나

세상은 바야흐로 돈의 시대이다. '이완용李完用도 돈에 매수 되고 왕조명汪兆銘도 돈에 몸을 팔았다'는 것은 조선의 노래가락으로 불려졌는데, 이완용과 왕조명이 발명한 특허장도 지금은 낡아 버렸다. 자신들의 선생님보다 뛰어난 발명철학으로 미국에 신안특허를 획득한 것은 셀 수도 없지만, 그 중에서도 유명한 것은 매국특허장 보유자인 이승만李承晩, 장개석蔣介石, 요시다 시게루吉田茂는 이른바 20세기 후반기에 미국이 길러온 3마리 새이다.

x   x

이 매국특허는 또 새로운 안이 제출되었는데, 특허국이 아닌 검찰청이 서두르는 것을 보면 이미 알아챘겠지만, 크고 작은 것이 섞인 매국특허는 꽤 매력이 있는 것 같다. 위로는 요시다吉田에서 아래로는 세무서 방문담당자에 이르기까지 뇌물철학은 일본 전 지역에 퍼져 있다. 이른바 조선造船의옥4), 보전保全의옥5), 영우회靈友会사건 등이다.

x   x

국회의옥양성학부疑獄養成学部학우회회장 아시다 히토시芦田均는 후배인 아리타 지로有田二郎의 기한부 체포 허락을 포기했다는 것 때문에 신문에서 떠들썩했는데, 전 학우회 자유클럽 회원이 반대한 것을 모르는 체하는 것인가? 눈을 뜨면

---

4) 조선의옥造船疑獄은 1953년 일본은 '외선박건조 융자 이자보급 및 국가 보상법 건조이자 보급법'이 성립하여 정부출자의 계획조선사업의 할당을 둘러싸고 일어난 뇌물사건이다.

5) 보전경제회사건保全経済会事件은 1953년에 발생했다. 익명 조합 보전경제회에 관련된 사기사건이며, 정계공작도 문제가 되어 국회에서 증인을 불러 환문하는 사태로 발전했다.

조마조마 하며 검찰청의 움직임에 주의하면서도 호언장담해
야만 사태를 수습할 수 있는 사람들에게 유력 신문들은 그
런대로 동정하고 있는 지도 모른다. 그게 아니라면 특종을
물려고 감추고 있는 것일까? 이런 잡문을 쓰는 필자도 정해
진 글자 수에 맞추어 쓸 게 없어서 곤란하니까 의옥양성학
부학생제군의 트집은 잡지 말까?

x   x

　이런 세상이 길어지면 우리들은 살아 갈 수 없다. 세금을
납부하지 않는다고 고함을 쳐야 납부한다─품속에 지녀온 올
림픽 선수들이 술과 여자에 빠지고 나아가 나라를 파는 밑
천이 되어서는 국민이 설 곳이 없지 않는가. 주파가 높은
안테나인 만큼 미세한 움직임에도 귀가 울려 어쩔 수 없다.

고주파高周派

백밀러

이것은 오래된 작품란입니다. 초창기의 그리운 추억이 남는 작품이 있다면 보내주세요.

화환

권경택

안녕
스며들듯 석양이 타고 있다
그 빛 속에 자네들의 미소가 빛난다
고통스러운 공작을 완수한 자부심에 넘쳐
꽃과 같이 젊은 조국을 위해
자네들은 더욱더 새로운 공작에 도전한다
자갈길에 작은 그림자가 춤추고 긴 그림자가 뛰어다닌다
자갈길에 자네들의 구두소리가 멀어져 간다

조국의 땅을 모르는 아이들
생활과 노래를 빼앗긴 아이들
가난한 아이들을 시궁창에서 끌어내지
않으면 안 된다
조선의 하늘에서 별을 따다 가슴에 달아 주고 싶다

빼앗긴 노래 소리를 우리들의 손으로 끌어 모아서
묵직하게 하나로 묶자
그 싱싱하고 살아있는 뿌리와 잎사귀에
5월의 햇살과 같은 노래를 쏟아 붓자
눈에도 돌풍에도 꺾이지 않도록 튼튼하게 키워서

새 꽃을 피우는 것이다
　　향기 짙은 꽃이 활짝 피면
　풍성한 마음이 온 가슴에 차면
　기쁨이 샘솟는 민족의 화환을 만드는 것이다
아이들의 목에 다정하게 화환을 걸어 주는 것이다

석양 속으로 손을 내미는 자네들
가슴의 피를 끓게 하고 손을 흔드는 우리들
자네들의 가슴에 우리들의 가슴에
희망은 기분 좋게 무성한 길은 하나로 이어진다

세모

김시종

뭐야,
정월이라 해가 두 배로 길어진
이유가 있지는 않을 것이다
어제가 오늘이
된 만큼의 이야기로……

중얼거리듯 말한 얘기로는 동포가
프레스에 다쳤다고 한다
엄지손가락이 떨어져 나가 잘린 자국이

타다 남은 숯불에 그을려
검게 나에게 다가온다

넘을 수 없는 세모의
끝없는 밤 한때
슬쩍 본 시계가
겨우 10시를
넘기고 있다

한낮

김시종

최소한의 위로에
매립지에 묻히는 오물
주울 만큼 주었다
문자 그대로 쓰레기다
버려진 고양이의 시체 옆을
더욱 열심히
여자가 뒤지고 있다

모랫더미가 쌓이고
사념에 휩싸인 더위 속에서
무겁고 큰 여자의 배가
귀찮은 듯이 방향을 바꿨다.

1949년 6월

편집후기

※3개월 만에 진달래를 간행했습니다. 설마 잊어버리고 있었던 것은 아니지요. 움막의 벌레조차 힘든 생존을 견디어 내고 있지요. 동면이라니, 결코 간단한 일은 아닙니다.

※올해 첫 번째 작품입니다. 서리를 맞기 전의 씨앗이 차가운 냉기 속에 배양되어 지금 겨우 얼굴을 내밀었습니다. '일주년기념서' 라는 띠라도 두르고 싶었습니다만, 이것만은 아무래도 마음이 약한 우리들이 할 수 없어서 보는 바와 같이 맨몸으로 발간했습니다. 꼼꼼히 봐 주십시오. 봄 전의 겨울이 매서운 한기를 뿜어 낼 때라고 하여 여러분에게 울타리가 되어 달라고는 결코 하지 않을 테니까요. 혹시 살아서 꽃 봉우리가 피면 그때야 말로 작년과는 다른 의미의 품평을 여러분에게 요청할 겁니다.

※중앙의 김민 씨가 넘치는 옥고를 보내주셨습니다. 진달래가 뿌리를 내리는 데 좋은 비료가 되도록 우리들을 강하게 배양합시다. 우리들이 번창하여 멀리까지 생식할 수 있을 때 대기의 탄소를 빨아들이는 것입니다. 사소한 것이라고 비웃지 마시고, 모든 것이 자질구레한 것의 모음이기 때문에 우리들에 대한 평가도 기준도 그런 전제하에서 해 주시기를 부탁드립니다.

회원 대부분의 창작의욕이 꺾이어 있을 때 혼자서 3편이나 투고해 주신 양원식 씨에게 사과를 드립니다. 독특한 뉘앙스의 「산책」이라는 작품을 받았습니다만, 다음 호에 신겠습니다.   (김시종)

진
달
래
第6号

一九五四年二月二六日印刷
一九五四年二月二八日発行　価20円

編輯兼発行人
金時鐘

発行所　大阪市生野区
新今里町八の一〇五
大阪朝鮮詩人集団
ヂンダレ編集所

第7号

진달래

ヂン　ダレ

7

大阪朝鮮詩人集団　機関誌

제7호

(1954)

목 차

[주장] 문단연 결성을 우리의 것으로

[공부실] 국어작품란 <조선사람> / 김천리金千里

4.24 교육투쟁 6주년 기념에 부쳐

- 소년의 죽음 / 백우승白佑勝
- 죽음의 재 / 김영金榮
- 하얀 천정의 스크린 / 양원식梁元植

편집후기

目　次

ヂンダレ　1954　第7号

[주장]
문단연文団連 결성을 우리의 것으로

　재일조선인 문화단체 총연맹 결성도 이제 얼마 남지 않았
다. 결성의 의의가 얼마나 깊은지는 조국에서 한설야韓雪野
선생께서 보낸 메시지를 보더라도 알 수 있다. 각각 다른
문화단체가 하나의 힘을 발휘하는 것, 이것은 우리가 염원
하던 일이며 크게 기대하던 바였다. 그것은 매우 훌륭한 일
임에 틀림없으며 분명 재일조선인운동에 일익을 담당하며
조국의 평화적 통일과 독립에 중요한 역할을 하리라 믿는
다. 그런데 우리는 우리 자신이 갖고 있는 사고가 염려된다.
위는 위고, 아래는 아래라는 안일한 사고를 하는 사람들을
우리는 알고 있다. 역설적이게도 대중의 조직자, 고무자라고
일컬어지는 문화인들에게 고지식하리만큼 이런 사고가 강한
것은 왜일까? 이것을 청산하지 않고는 우리는 통일된 힘으
로 반동문화에 대결하지 못할 것이다. 생활이 어려워지고
갖가지 형태로 차별과 억압을 받아온 동포 대중의 감정은
점점 복잡해지고 있다. 그렇기 때문에 다양한 형태의 문화
서클이 조직되는 것이겠지만, 우리는 이런 서클이나 단체를
통일된 힘으로 활성화시켜 나아가야 한다. 우리는 우리의
운동을 위에 보고하려는 노력을 거듭하여 한 사람 한 사람
이 서클이나 단체가 그 힘을 위로 결집시켜 나간다면 반동
문화에 맞설 수 있을 것이다.
　이러한 노력과 함께 문화운동 선배들은 후진들에게 지도
의 손을 더욱 내밀 필요가 있다. 솔직히 말해 오사카大阪에
는 조선문학회 회원이면서 지부결성준비회에 나오지 않는

사람도 있다. 문단연결성은 이렇듯 작은 문제에서 출발하지
않으면 우리 자신의 것이 될 수 없을 것이다.

노동복의 노래

이정자

아프더라도 꾹 참으렴,
내 손 안의 노동복이여.
내가 너의 천을
산뜻한 옷으로 만들어 주겠다
두들기고, 주물러서
깨끗한 물로 씻어 주마.
　이제 곧 너는
　봄 햇살을
　한껏 들이 마시게 될 것이다
　너의 냄새와
　물기를
　어서 빨리 말려버리렴.

나의 사랑하는 노동복이여,
찢기는 것 따위는 신경 쓰지 않아도 좋다
꾹 참고 기다리렴
내가 너의 천을
새로운 강함으로 만들어 주마.
　누덕누덕 기운
　너이지만

그 누구도 개의치 말고
노래를 부르며 일하라
그 어떤 기름기라도
그 어떤 공기 속에서도

내 손 안의 노동복이여,
너는
나의 혼을 들이 마시고
나의 노래를 들으며
다시 재단된
살아있는 노동복.

봄날 아침

권경택

오늘 아침은
따사로운 날이어서
소학교 무화과나무에는
싱그러운 초록 새순이
가지마다 돋아나기 시작했습니다

비 갠 뒤의
싱그러운 새순에
나는 주렁주렁 꿈의
희망을 꽃 피웁니다.

오늘 아침은
포근한 날이어서
내 마음은
따사로운 생각으로 가득 차
높디높은 하늘의 종달새에게
나는 안녕하고 아침인사를 전했습니다.

꿈같은 얘기

임태수

내가 무언가 말하면
바로 모두가 웃어버린다
"꿈같은 얘기 하지마"라고
나조차
그런가하고 넘겨버린다

그래도 나는
단념할 수 없기에
그 꿈같은 얘기를
진지하게 꿈꾸려 한다

그런 일로
더 이상 친구들은 놀리지 않는다
"또 시작이구나!" 하는 식이다
그래도 꿈을 버리지 못하고
나는 혼자서 버둥대고 있다

어린 재단공을 위하여

강청자

암울한 나날의 노래를 혼자서 부르지 마라
어린 재단공인 너를 위하여
내가 힘껏 불러 주마
저 어두컴컴한 일터에서
힘겨운 생활로 내던져진
너의 어두운 소년시대의 노래를
나는 반드시 되찾아 줄 것이다

이제는 가까이에서 들을 수 없는
너의 자애로운 엄마의
사랑 노래가
나로 하여금 노래하게 한다

 — 손 조심하렴
　　일하는 우리에게
　　유일한 큰 자본이니
　　강해지렴
　　그리고 인내하렴
　　곧 환희에 찬
　　밝은 나날이 찾아 올테니 —

내일이라는 날의 노래를 모르는
어린 재단공인 너를 위하여
내가 밝은 내일의 노래를
너 혼자서 부를 수 있는 그 날까지
불러 주마

소녀의 자살

박 실

소녀들이여 어인 일로 울고 있는가.
불단을 감도는 향내음에 목메어 우는가.
뼈만 남겨진 친구를 찬미하려 우는가.
그도 아니면 살아남은 것이 슬퍼서 우는가.
그런 일로 우는 것이라면,
나는 요강을 들고서 그 눈물을 받으리라.

만약 소녀들의 눈물이,
친구에게서 생명과 빛을 빼앗은 높은 벽-
죽은 친구와 같이,
수많은 소녀들의 생활을 음침하게 좀먹는
　높은 벽 -
이 오래되고 견고한 높은 벽을,
부숴버리려 해도 뜻대로 되지 않아 흘리는 고뇌의 눈물이라면,
나는 소녀들의 좁은 우리 속에 넓디넓은
　초원을 옮겨 심으리라.

소녀들이여 어인 일로 울고 있는가.
그 눈물이 고뇌의 눈물이라면,
굳이 눈물을 참을 필요가 있겠는가.

굳이 소리를 죽일 필요가 있겠는가.
손수건을 버리자꾸나.
얼굴을 똑바로 들자꾸나.
그리고 두 번 다시 고뇌로 애태우지 않도록,
마음껏 울어라.

눈물이 다 마르면,
소녀들은 동그란 귀여운 눈으로,
맑고 깨끗한 태양을 볼 수 있으리라.
높은 벽을 깨뜨릴 힘을 찾을 수 있으리라.
벽 뒤에 숨은 무리를 쏘아 맞힐 수 있으리라.
눈물방울은 초원에 꽃을 피울 수 있으리라.
꽃들은 소녀들의 고뇌를 치유할 약초가 되리라.

소녀들이여 그 눈물이 고뇌의 눈물이라면,
다 마를 때까지 울어라.

현장스케치

   쓸데없는 얘기 - 김탁촌
   어느 견습생 친구에게 - 정인
   게이코의 실상 - 부백수

진달래에 처음 오신 분들입니다.
인사를 겸해 있는 그대로를 실어 보았습니다.

쓸데없는 얘기

김탁촌

시끄러워!
잠을 잘 수가 없잖아,
잠들려고 하면
부릉 부릉 쿵 -
깜짝 놀라게 하고 말이야,
귀머거리라도 듣겠어,
대체 뭐하는 거야
다다미랑 기둥이
중풍이라도 걸린 것처럼 덜컹덜컹 흔들린다구
방 안의 공기는 부들부들 노여움을 참지 못하고
애마저 내내 빽빽 울어대니
가엾게도
마누라는 잠도 푹 자지 못하고,
이렇게 매일 집안을 뒤흔들어 놓으면
가끔 한 잔의 소주도 소용없네,
아침 일찍이 우리는 물로 배 채우는 백성이니,
무슨 병이라도 나면 먹고 살길도 없다구,
　폭음진동감증爆音振動感症 - 바보 같은!
　　　　쓸데없잖아,

퐁하고 한 개라도 떨어지길,
흔들흔들 쾅하고 쳐 박아 놓고서,
　　"어이쿠 실수했네요. 미안해요"
　　라고 말하기만 해봐라
　　찍소리도 못하고 죽는 거다,
　　'아아, 소란 놈도 유산하면 안 되는데……'
시끄러워!
아메리카 놈들!
밤엔 조용히 좀 하라고!

어느 견습생 친구에게

정인

북극의 바람은 너무 차서
아이의 마음을 아프게 했을 게다.

쪽빛 파도 소리에 저무는 그 거리는
아버지 없는 아이에게
너무나도 좁았을 게다.

바위에 부서지는 물보라의 흰 빛에
슬픈 눈물을 흘렸을 게다.
바다에 노니는 갈매기의 흰 빛이
그렇게도 너의 마음을 사로잡았더냐?

　포렴은 부드럽고 차갑다

이별을 칭송하는 마음이여
도시에선 갈매기가 날지 않더냐?

기차의 속삭임은
가능성을 품은 채
깊은 망각 저편으로 묻혀버린 걸까?

열정은
기둥이 너무 굵어 당황하고
너의 풍경은
작은 창에 끼여
천정의 작은 마디에
주지야+字屋가 한없이 차갑게 속삭이고 있다.

　어둠에 우뚝 선
　반역의 눈동자여

20세기는 더 없이 멀고,
봄의 태양은 더 없이 따뜻하다.

게이코의 실상

부백수

그 여자 이름은
　무슨 무슨 **게이코**芸子라고 한다.

게이코는 홍등가 여자다
도비타飛田유곽[1]의 여자다
그러나, 인간의 자식이다.

나 같은 남자들에게
마치 **하나의 상품**인양 **한 청춘**을
　거래하고 있어도
그래도, 게이코는 인간의 자식이다.

게이코는
사람의 기쁨과 슬픔을 잘 알고 있다
순정을 간직한 처녀들과 다르지 않을 만큼
　잘 알고 있다
소박하고 정직한 감정을
　결코 잊지는 않았다.

---

1) 오사카시 니시나리西成구 일대에 아카센赤線 지구. 통칭 도비탄신치飛
　田新地로 일컬어지며, 다이쇼 시대부터 존재하던 일본 최대의 유곽지
　대를 칭함.

다만 사람의 기쁨이나 슬픔을
어떤 미소와 닮은 꿈으로 바꾸어
  표정에 꽃피우고 있을 뿐이다

그러나, 게이코의 **눈동자**는
머나먼 밤하늘 끝자락에
차갑게 깨어 있는 가장 큰 별을
바라보며, 지금도,
변함없이,
살아가는 데에 최선을 다한다.

시코쿠四国의 가난한 농촌에서
돈 벌기 위해 나온 게이코는, 최선을 다한다.

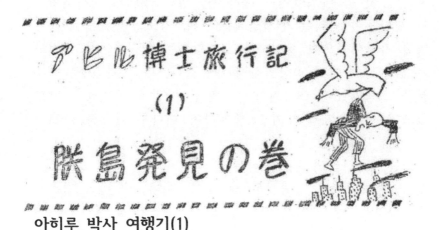

아히루 박사 여행기(1)

- 짐의 섬朕島 발견 편

　문예국文芸国 문화대학교수 아히루アヒル 박사는 술을 세 말이나 마시고「짐의 섬朕島 발견기」라는 귀중한 기록을 발표했다. 그것으로 스칸 상スカン賞을 획득했는데 다음은 그 전문이다.

　나는 칠흑 같은 어둠 속 잘 알지 못하는 세계를 헤매고 있었다. 그것은 꿈속 같기도 하고 또 망망대해 한 가운데 홀로 남겨진 것 같은 느낌이었다. 그러나 나는 꿈을 꾸고 있는 것이 아니라 어떤 목적을 갖고 여행하고 있는 것이다. 그 나라에 도착한 것은 20세기 구체적으로는 1953년의 일이었다.
　이 나라의 기원은 이집트에서 2만 명이나 모여들어 올림픽을 하던 시대라는 것, 한 명의 벌거벗은 사람을 위해 남자들이 빗 속 바위굴에서 술자리를 벌인 것에서 시작되었다고 한다. 이 나라는 만생일계蠻生一系, 강도연면強盜連綿이 유일한 자랑이었으며 살인이나 집단강도는 일상다반사고 절도는 밤이건 낮이건 공공연하게 벌어졌다. 나도 가진 것 대부분을 도둑맞았다. 또 원시국 야만인과 같은 국민성을 갖고 있으며 어이없게도 나체를 즐겨하여 대나무 나체춤 따위가 그 나라 명물이었다.

또한 이 나라의 주택양식은 우리가 볼 때 매우 경이로운 것이었는데 바로 '팔굉일우八紘一字식' 이다. 이 나라 건축가에 따르면, "온 세상은 하나의 집天ノ下オオイテ家トナスヨカラズヤ"이라고 하여 파란 천정을 지붕으로 삼거나, 혹은 "천황 아래 모두가 하나雨の下オオイテ燒トタンナスヨカラズヤ" 라고 하여 종국에는 성냥갑에 구멍을 뚫은 것이 있어 그 나라 국민들 사이에서 크게 유행하였다고 한다.

'짐의 섬' 의 정치는 우리에게는 상상할 수 없는 것으로 테이노 사마2)라 불리는 왕께서 왕위에 앉았다. 전쟁을 좋아하는 왕으로 전쟁 시, "아 그런가" 라고 당시 대신에게 별뜻 없이 대답한 것 때문에 우리 문예국도 큰 피해를 입게 되었다.

이 나라 대신은 공산 격멸 정책이라는 것을 펼쳤는데, 어인일인지 이 정책은 돈을 써야 되며 세금을 거둬 가는 정책으로 실로 기이한 정책이다. 신기한 것은 32만의 빰빠빠 나팔을 불며 걷는 장난감을 만드는 일이었다. 특히 인상적이었던 것은 이 나라 대신 대표인 어떤 이는 가미카제紙風3)라

---

2) 원문은 텐노(천황)라는 뜻의 'テイノ一樣' 로 표기되어 있음.
3) 태평양 전쟁 말기 육탄 공격으로 임했던 일본 해군 항공대의 특별 공격대를 이르던 말, 가미카제 특공대神風特攻隊를 비유적으로 이른 말.

는 종교를 믿어 악정을 하더라도 가미카제에 의해 구원받을
수 있다고 믿고 있는 점이다. 내가 그곳에 갔을 때 마침 가
미카제가 불고 있던 시기였는데, '짐의 섬'의 일부인 '구
다란시마クダラン島'4)가 물에 잠겨 실로 불가사의한 나라라
고 생각했다.

내가 실제 본 바에 따르면, 돈다발이 국내로 불어와 그야
말로 가미카제라고 감동했지만 그것은 아메 제작소 '아무
개' 사장이 들여온 것임을 알았다. 당시 정치가는 아메(아메
리카) 제작소 덕분에 살아남았지만 국민은 인플레이션이라
는 병이 엄습해와 빈곤병貧欠病이라는 현상이 나타났다.

그건 그렇고 나는 이 여행을 되도록 오래하려고 했으나
강도연면이나 가미카제를 만나 갖고 있던 돈도 순식간에 도
둑맞는 나라여서 도중에 그 염원을 뒤로하고 허망하게 되돌
아오지 않을 수 없게 되었다.

나는 귀국할 즈음에 '짐의 섬' 국민에게 이 나라를 뭐라
고 부르는지 물어 보았더니 그 사람이 나에게 슬며시 털어
놓았다. 마지막으로 그 나라 이름을 남기고 이 귀중한 여행
기를 끝내고자 한다. 그 나라 이름은 '심각深刻 일본'이라
고 한다.

---

4) 별 볼일 없다는 뜻의 '구다라나이くだらない'를 음차한 것으로 보임.

K동무에게 보내는 편지

원영애

　진달래를 알게 된지 일 년이 되었습니다. 처음엔 빈약하다고 느꼈는데 민족적 냄새를 풍기고 생활터전이 된 이쿠노生野 한 모퉁이에서 수수하지만 개성을 갖고 눈부신 성장을 해가고 있습니다.

　일본에 사는 조선인의 고통이라는 공통분모가 있고 진달래의 시는 이것은 "나의 고통이다" 이것은 "나의 소리다"라는 생각이 들면서 한마디 한마디가 절절히 다가옵니다. 기술적인 면에서는 물론 시를 쓸 줄 모르는 제가 볼 때도 부족한 부분이 없진 않지만 작품마다 진지하게 현실과 마주하고 있는 모습을 엿볼 수 있었습니다. 이런 점에서 진달래의 친근감을 느낄 수 있는 것이겠지요. 반면 지금까지 한 번도 작품을 내지 않았던 저는 남의 시선이 두려웠던 탓인지 두 세편 시를 써보기도 했지만 발표까지 가진 못했습니다. 회원 누구든(저를 포함해) 처음부터 시에 대한 재능을 타고난 것이 아닐 터인데 모두들 진지하게 훌륭한 작품을 생산해 내고 있습니다. 제가 작품 발표를 꺼렸던 것은 테크닉 부족이라는 자기비하적인 생각도 있었지만 무엇보다 실생활의 비애를 드러내거나 여자의 감상에 푹 젖은 글들만 쓸 것 같아서였습니다. 그런데 이런 말들로 작품을 쓰지 않는 것을 합리화하거나 퇴폐 사상에 빠져 있던 저는 이제 많은 사람들 앞에 자기비판을 하고, K동무의 친절함에 힘입어 왜 제가 이런 상태에 빠졌는지 고백하고 날카로운 비판을 받고자 합니다. 제가 동무에게 이런 말을 전하는 이유는 역시 동무의 인간적인 부드러움에 감동했기 때문입니다. 작품에 자신 없으면 편지 형식의 글이라도 괜찮다고 해서 기뻤습니다. 그렇지 않아도 다른 회원에게 면목이 없었는데 한시름 놓았습니다.

격동하는 사회와 맞서온 지 벌써 1년이 되었습니다. 작년에 펼쳐진 4·24 기념대회에서 나카노시마中之島의 나무들은 푸르렀고 흐르는 물은 마치 춤을 추는 듯했습니다. 그 속의 저는 젊고 꿈도 많았습니다. 푸르른 메이데이의 하늘은 수만 명의 용솟음치는 함성과 함께 저의 사회생활의 시작을 축하해주는 듯했습니다. 학생시절엔 조선인이라면 누구나 겪었을 생활고로 허무주의에 빠졌던 적도 있지만 학생이었기 때문에 괴롭거나 슬퍼도 빨리 떨쳐낼 수 있었던 것 같습니다. 지금 생각해 보면 그땐 온실 안의 화초였던 것 같습니다. 게다가 아무것도 모르면서 자신감과 우쭐한 마음으로 뛰어 든 조선인 사회는 그리 녹녹하게 저를 받아주지 않았습니다. 이 사회는 제게 실력을 쌓으라고 요구했습니다. 한번 벽에 부딪힌 후 세상사의 어려움을 깨닫게 되었습니다. 여자의 몸으로 남성 중심의 직장에서 대등하게 생활하는 것이 얼마나 어려운 일인지 절실히 깨달았습니다. 그리고 저는 다른 사람들이 보기에도 제 자신이 느끼기에도 아이처럼 너무 어렸습니다. 일이 조금이라도 힘들면 여자이니까 어리니까 눈감아주겠지 하며 안이하게 생각하곤 했습니다. 그럼에도 모순적이게도 제가 하는 일에 대한 평가가 너무 엄격하고 늘 꾸중만 듣는 것처럼 생각되었습니다. 매사가 두려웠고 결국 소중한 자신마저 잃게 되었습니다. 초조해하면 할수록 일이 잘 되지 않았고 깊은 심연 속으로 빠져드는 듯

했습니다. 얼굴은 핏기를 잃어가고 눈은 충혈 되고 입술은 부르터 갈라져 갔습니다. 잠도 오지 않아 천정의 대나무빗 살을 하나하나 센다거나 숫자를 일부터 천까지 세어보아도 잠을 이룰 수 없는 나날이 계속되었습니다. 자신감을 잃은 사람이 책을 읽을 리 만무하며, 뭔가를 쓴다는 것도 무리였습니다. 지금 가만히 다시 생각해 보니 누구든 거쳐 가는 길을 저 역시 걷고 있었던 듯합니다. 여자라는 사회적 편견에 너무 몸을 사렸던 것 같습니다.

그러나 K동무 이제 저는 벗어났습니다. 이런 쓸데없는 일로 괴로워했던 제 자신이 너무 주관주의主觀主義였다는 생각을 했습니다. 시간낭비로 끝난 고통을 생각하면 이를 어떻게 되돌릴 수 있을지 초조하기만 합니다. 오늘 할 일을 내일로 미루는 것은 정체가 아닌 후퇴이기 때문입니다. 더 이상 혼나더라도 두렵지 않은 면역성이 생겼습니다. 이젠 뻔뻔해지려 합니다. 이런 변화가 기쁘기만 합니다. 책을 읽다 보면 시를 공부해 보고 싶은 마음도 생길 테지요. 다망한 직장생활 이지만 짬을 내어 시도 지어 보고픈 마음이 들겠지요. 실컷 잠도 자고 싶습니다. (중략) 동지들의 애정으로 그간 건전하지 못했던 생각을 떨쳐 버릴 수 있어 감사하게 생각합니다. 다시 돌아온 메이데이를 수백만 대중과 함께 호흡하고 싶습니다. 끝으로 모든 분의 발전을 기원하며.

아우의 지도

김희구

은빛 햇살이 아지랑이처럼 흔들린다
빛바랜 벽지
닳아 해진 다다미 가장자리에 누워
두 팔을 벌리고 잠들어 있는
  연지 빛 인형의 그림자

    고향으로 돌아갈 때까지는……
    아이는 갖지 않으리라

벨트가 삐걱대는 심야의 소란한 소리에
당신의 하얀 이는 기름으로 범벅된 손톱의
떨림을 참으며 –
도호쿠東北 지방에서 돌아왔을 땐 당신은 이미
이 땅의 딸을 아내로 맞았다

    어서 어서 자라렴
    아가야 어서 빨리 자라렴

  전장戰場의 고향의 정원에도
  보리 싹은 지금 한창이라고 하는데

당신의 목은 콜록거리고 가슴은 굶주렸고
깨진 밥그릇이 뒹구는
눈부신 오후 말라빠진
고목의 뼈 속에서 당신은 계속해서
연지빛 인형 장난감을 흔들고 있다

　하루 일당
　통 떨어 일금 삼백 엔이로군
　하하하하……제기랄 하하하……

기울어진 장지 뚫린 구멍에서
당신의 목소리는 더 이상 들리지 않는다 그렇지만
당신은 고향의 지도를 다 완성하여
고향으로 돌아가야 한다

　피와 손과 다리와
분명한 생명의 싹을 이 땅에 아로 새겼다

당신의 생애의 지도를 이어갈
　당신의 발자국 소리를 관통하는 자를 ―

아아 죽음의 잿빛 연기가 남쪽 섬을 불태웠다 하는구나
그 날 - 내리쬐는 태양을 향하여
하늘 높이 있는 힘껏 뿌리친 너의 아내
　당신이 남긴
　　연지빛 인형 장난감

일본해

권동택

맑게 갠 날
나는 버스에 몸을 맡기고
일본해를 바라보았다

유리 파편처럼
끝없이 반짝이는 파도, 파도
그 금빛 물결은 고향의 저편에서 탄생하여
지금 나의 눈동자를 빛나게 한다
내 피를 끓어오르게 한다

흔들리는 수평선에 현기증이 일어
나는 버스에서 내렸다……
상쾌한 바닷바람은
고향의 해변에 나부끼는 간망干網을 떠올리게 했고
나는 단숨에 내달렸다

눈부신 일본해
총검이 번뜩이는 것과 닮은 물결
뜨거운 모래사장에 홀로 앉아
나는 우선 눈을 감고
파도 소리를 듣는다

엄마 등에서 눈물을 흘리며 들었던
쓸쓸한 조선민족의 음조가
희미하게 들려오는 것 같다

파도의 노래는 하얀 거품이 튀는 소리다
그 노래로 떠올린다 백부에게 온
봄소식

"마을의 작은 강변에
올해도 벚꽃이 피었단다
하지만 아무도 눈길을 주려 하지 않는다
네가 그리워하는 마을의 아이들은
맑게 갠 날 다리 위에서 이별을 고하고
무거운 총과 무거운 마음을
미국제 자동차에 실었다
불쌍한 조선 아들들에게
팔랑팔랑 벚꽃이 떨어져 내리고 있었단다……"

　수평선은 너무나 멀다
　너무나도 머나먼 나의 고향

무한궤도처럼 사라지지 않는 길
화약연기가 꺼지지 않은 산맥을 생각하니
내 가슴이 아린다
은빛 금빛물결에 계속 아린다

하루 종일 일본해를 바라보고 있었다

용기

홍종근

세 번째
용기가 필요할 때가 왔다.

인간으로서 긍지를 갖고
하던 일을 계속 하기 위해

세 번째
용기를 발휘할 때가 왔다.

철을 녹이는 데에
유리를 녹이는 데에

대지를 일구고
바위를 뚫는 데에

소녀에게도
화가에게도

의회議会
밖에도 안에도

맑디맑은 젊은이의
눈동자 깊은 곳에서

빼앗긴
이 땅의 봄을

입을 열어선 안 되는
법률 속에서

눈을 귀를
말을 되찾기 위해서

발길질 당한
교단의 자유와

훈장으로 화한
캠퍼 주사와

뚫린
탄환도로의 두께에

번쩍번쩍 빛나는
태평양 전율을 향하여

세 번째
인간의 용기를 시험할 때 왔다.

기관사여 광부여
준비 되었는가

가난한 자의
깃발을 위하여

기상대의 기사여
폭풍우 치는 날을 예보하라

설령
그 길이 험할지라도

두 개 중
하나밖에 없는 한

파멸의 길은

버려야 된다

시인이여
신호의 봉화를 올려라

어머니의
사랑의 이름으로

군복을 입은
청춘의 이름으로

잘려진
십만 노동자의 이름으로

위험에 처한
여공의 권리의 이름으로

성가대의
기도의 이름으로

빼앗긴 것
모두를 되찾기 위하여

땅도 바다도
하늘도

세 번째
용기가 필요할 때가 왔다.

자신을
해방하기 위하여.

신문기사에서

김시종

꽃의 천국 파리에서
다섯 명의 아이의 어머니가
가스관을 물고 죽었단다
돈이 없고
배가 고파서
유서를 남기고 죽었단다

　　"내 몫 만큼
　　　더 먹으렴"

죽는다고 해결되는 걸까?
남겨진 아이들은 배부를까?
라오스에서 죽은 남편과는
저 세상에서 잘 만났을까?

저 멀리 떨어진 프랑스에서
고작 한 사람 죽은 게 대수냐
신문기사를 뒤집었더니
일본국이 자리하고 있더구나

-자네는, 자네는
이 두 나라의 차이를 믿나?-

내 친구에게!

방일

K코여, 함께, 우리가
사카이스지堺筋를 행진했던 것을 기억하겠지?
비가 왔던 탓에 너의 모습은 희미하지만
너는 의장에게 노래를 알려주려고,
데모의 선두에 서 있었지.

K코여, 하루를 자유롭게,
환하게 마음으로 노래 부르던
너의 눈동자를 나는 잊을 수 없구나,
같은 감격에 젖어
조선민족에 대한 사랑을 품고
마음으로 맞았던 3·1이었지.

하지만, K코여,
나는 지금 한 마디 하고 싶구나,
너는 피카소를 알고 있겠지?
회화강의는 아니지만
그는 위대한 인물이다
세계인이고 공산당원이다
그의 마음은 분화산처럼 빨갛고,

탐구하는 회화로 자신의 삶의 길을 열었지,
그것이 그의 일,
그는 그 때문에 싸우고 있는 거로구나.

K코여, 일본의 하늘만 더러워진 것은 아니다
그의 나라의 하늘 역시……
네 앞에 금지의 손이 다가오고 있다
가정의 봉건성은 너만이 아니다.
일본 안에 있는 여성의 고민이다
떨쳐버리려는 용기를 가져야 한다.
네가 선두에서 출발하는 거다
너는 할 수 있다 3·1에도 하지 않았느냐.

K코여, 너는 어찌 생각하는가
하고 싶은 일, 배우고 싶은 일,
그리고 그림을 그리고 싶은 의지 말고는
그 어떤 무기도 갖지 않은 인간이
그것이 잘 안되어 고민하고, 학대당하는 것을 볼 때……
자, 심호흡을 하고 보려무나
조금도, 헤매거나 할 필요 없단다.

공부실

국어작품란

매우 초보적인 시도입니다.

부족한 국어 실력을 높이기 위해서

순서대로 적어 가게 되었습니다.

-편집부-

조선사람[5)]

김천리

모진바람이부러도
날카로운바람이부러도
똑한가지요
지붕기화를불리면
더욱좋은기화를덮으지요
벽을각각이찌지면
　새로운벽을완고이만들지요
-해이! 조-생
　　닌니구구사이[6)]-
고양이가범이되자
　담베통을들으면
범이되나요,
　우리들은
저고리를입고
　치마를입고
닌니구톡々히든
　김치를먹지요
보십시오

---

5) 한국어 시, 원문대로 표기함.
6) 마늘냄새가 지독하다는 뜻으로 조선인을 비하하여 이르는 말.

일본사람이
－조선김치는마시있스니
　　좀다오－
　어머니는
자랑스러운웃음웃으며
　큰그릇에넣어주지않소

어두운밤
　별을본다고
거문막을치자는
　놈이있스니
하………
　우습지않습니까
거문막을칠려면치여라
　하날을전부막어도
새벽이오면
　햇빛이알리겠지
흥
　우리들은
새로운아침준비를합시다.

[소년의 죽음]
4 · 24 교육투쟁[7] 6주년 기념에 부쳐

백우승

 그 날 아침은 내가 기차에서 내린지 얼마 되지 않았을 때다. 지금으로부터 6년 전인 4월 24일, 조선인 학교 폐쇄 반대투쟁의 화염이 한신阪神지방 구석구석까지 번지고 있던 때다. 오사카 동포들은 굳은 결의로 학교를 지키기 위해 분기했다. 나는 여장을 풀자마자 바로 오사카부청 앞 교육방위 인민대회 회장으로 서둘렀다.

×   ×   ×

 거듭된 교섭에도 불구하고, 부府 당국은 일언지하에 조선인의 정당한 요구를 짓밟았고, 더욱이 그들은 조선인의 요구를 수용하지 않았을 뿐 아니라 부 소속 전경을 동원해 동포들을 둘러싸며 현장에서의 퇴거를 강요했다. 젊은 지휘자의 날선 지시에 따라 동포들은 줄지어 눈물을 머금고 분노 속에서 퇴거하기 시작했다. 4만이나 되는 사람들이 5분, 10분 만에 떠날 수 있는 일이 아니라는 것은 누가 생각해봐도 당연한 일인데, 갑자기! 정말 갑자기! 그들은 이미 우리와 약속이라도 한 것처럼 피스톨을 발사하기 시작했다. 소형콜트였던 탓인지 발사음이 그리 크지는 않아 나는 처음에 공

---

7) 4 · 24교육투쟁은 민족교육을 고창하며 학교설립에 나선 재일동포들과 미국 일본당국간의 충돌이 빚어졌던 사건.

포탄으로 생각했다. 그도 그럴 것이 지금까지 실탄 발사음을 들어 본 적이 없으며, 설마 이렇게 많은 군중을 과녁으로 작정하고 난사할 정도로 일본 경관이 미쳤다고는 생각도 하지 못했기 때문이다………. 내 생각은 빗나갔다. 나는 흉악한 범죄자들의 정체를 미처 간파하지 못했던 것이다. 그리고 곧 내 눈앞에 그들의 정체가 드러났다. 그들은 틀림없는 '살인자'였다. 발포를 명한 스즈키 경찰국장은 부청 발코니에서 한쪽 무릎을 꿇고 군중을 향해 난사하는 부하의 '용전勇戰'을 회심의 미소를 띠며 내려다보고 있었다.

×   ×   ×

그 때! 내 앞에 1미터도 안 되는 거리에 서 있던 한 소년이 퍽하고 쓰러졌다. 검정색 교복에 모자를 쓰지 않은 15, 6세 정도의 아이였다. 그는 정원수를 둘러싼 콘크리트 둥근 담에 심하게 머리를 부딪쳤다. 쿵하는 둔탁한 소리가 들렸다.

그가 쓰러진 것을 목격한 것은 나뿐인 것 같았다. 그의 얼굴은 피로 물들었고 동공이 열린 눈동자는 그를 사살한 경관들을 향했다. 머리 쪽이 크게 부풀어 올라 매우 처참했다. 이 일은 정말 한 순간에 일어났다. 그 죽음은 조용했다. 쓰러질 때조차 그는 아무 소리도 내지 못했다.

내 바지에도 그의 머리에서 튀긴 피가 선명하게 여기저기 묻어있었다. 교복에도 피가 묻어있었다. 나는 몸을 숙여 그에게 다가갔다. 그는 이미 숨이 끊어진 상태였다. 피스톨 탄은 반대편으로 관통하지 못한 채 머리 안에 박혀 있는 것 같았다. 내 손은 피로 물들었다. 그제야 총 맞은 것이라는 걸 알았다. 내 얼굴의 핏기가 스스로 느낄 만큼 사라져 갔

다. 나는 큰 소리로 사람들을 불렀다. 그를 안고 사람들이
달렸다.

나는 흉탄에 쓰러진 작은 희생자를 생각하니 증오의 눈물
이 양쪽 볼을 타고 흘러 내렸다. 사람들은 경관들에게 노려
보며 방수차에서 쏟아지는 물을 그대로 맞으며 대지에 뿌
리내린 것처럼 서있었다. 화염은 멈추지 않았다.

사람들은 죽은 소년을 '김태일' 이라 불렀다. 그가 죽은
지 벌써 6년이 되었다. 이 생생한 선혈이 아직 마르지 않은
오늘, 그들은 또 6개 항목으로 된 30 몇 개 조항을 들이밀
며 우리의 학교를 폐교시키려 하고 있다! 이번에야 말로 죽
음의 폭압을 가만히 받아들이지 않을 것이다. 적어도 나 개
인은 6년 전의 격분을 소년의 죽음 앞에 맹세했다.

죽음의 재

김 영

어라- 깜짝 놀랐잖아
세계 제2차 대전
1945년 8월 6일에
미국의 원자폭탄이라는
그 무시무시한 것이
아무런 죄도 없고
아무런 잘못도 없는
히로시마·나가사키의
30만이라는 사람들을
미친 듯이 타오르는
화염의 바다로 처넣었다
눈 깜짝할 사이에
사해死骸의 산을 쌓았다고 하는데
결코 우리는
저 무서운
뭉게구름을 잊을 수 없을 것이다

전쟁의 비참한 모습이 말이야
우리의 머릿속에서
사라지기 전에

비키니의 '죽음의 재' 8)라는
무시무시한 것이
다시 이 일본 국토를
뒤덮는다고
하질 않는가

꽃 피우는 할아버지花咲かじいさん라는 옛날이야기에서는
소쿠리 안에 넣었던 재로
마른 나무에 꽃을 피웠다고 하는데
이 재는
마른 나무에 꽃을 피우기는커녕
살아있는 인간의 피를 빨아 마시고 있는 게 아닌가

무서운 세상이 되었구나
방사능이라는 것에
더러워진 바닷물이
일본 땅을 씻고
방사능이 섞인 비가
일본 국토 저 깊은 곳까지
스며들고 있지 않은가

---

8) 1954년 3월1일, 미국이 주도하여 태평양 마셜군도 비키니섬에서 벌인
   수소폭탄 실험을 일컬음.

뼛속까지 삼켜버린다는
'죽음의 재'가 말이다
우리 식탁에서
생선이란 생선은 죄다 빼앗아 가는 것이 아닌가
다랑어도 안 된다
고래도 수상쩍다 말한다
아무튼 바다에서 나오는 것은
무섭다

예전엔 잘난 사람들이
가난한 자는 보리밥이나 먹으라고 했는데-
이젠
가난한 자는 가다랑어포나 먹으라 하겠네-

그래도 말이야-
가다랑어포는 고사하고
물조차 마음 놓고 마시지
못하는 세상이니 원

그래도 말이야 이런
우리의 고충은 조금도 생각지 않지
지금 정부는

당치도 않은 말만 하는 게 아닌가
"미국의 수소폭탄 실험을
원조한다" 라고 말이야-
대체- 이것이
인간이 할 수 있는 말인가
똑같은 인간이 말이야
그것도 같은 나라 사람들이
'죽음의 재' 라는
어마어마한 것을 뒤집어쓰고 있는데
다른 나라 원자폭탄 실험의
모르모트로
사용되면서까지 말이야
그 다른 나라를 원조하기 위해
화가 난다구
제길 그들은 미치광이다
귀신이다 귀신
이런 건 인간이 할 말이 아니다
인간이 할 짓이 아니다

미국의
콜인지 메틸인지
모르겠지만

원자 위원장이라는
자리에 있는 작자가 말이야
"일본인 어부는
스파이로 온 건지 모른다"
라고 말하질 않나
그리고
존 버스터라는
상원의원도
"일본인 어부는
피부에 화상을 입었을 뿐이다"
라고 지껄이질 않나

뭐하는 짓들인지

어디에 사는 그 누구든
지나다녀도 되는
천하의 바다를 말이야
출입금지니
위험구역이니 하며
일본 눈과 코앞에서
몇 번이나 수소폭탄을 터트리고 말이야
"너희들은 누구냐

누구의 허락을 받아
출입금지 팻말을 세웠냐"고
묻고 싶다
그런데 말이야
이 '죽음의 재' 라는 것이 말이야
언젠가 우리
백성들 몸 위로
쏟아져 내려올지 모르는 거야
이렇게 잘 여문
보리에도 말이야
방사능이라는 것에
당해서 낱알이 전부
인간의 먹거리는
이 일본 땅에서 없어질 거야

그 때문에
우리는 무슨 일이 있어도
이 방사능에 반대할 거야
이젠 전쟁이라는 것이 지겹다
수소폭탄도 필요 없고 원자폭탄도 필요 없다
그놈들
미국의 전쟁 미치광이들이

비키니의 수소폭탄으로
전쟁을 위협하고 있지만
우리는 진실을 알고 있다

이제 우리는
잠자코 있지 않을 거야
가만히 있으면
우리도 아이들도
일본인 전부가
죽어버리는데
보아라, 우리는
진정으로
전쟁반대라고 외친다
그리고 워싱턴에
'죽음의 재'보다 훨씬
어마어마한 것을 내리게 해줄 테다-
우리가 할 테다 반드시 할 테다

더 이상 우리는
잠자코 있지 않을 테다
잠자코 있지 않는다 말이다

하얀 천정의 스크린

양원식

높디높은 하얀 천정의 스크린은 비춘다.
검은 눈동자의 눈꺼풀이 벌겋게 부은 어머니.
무언가 말을 전하려 해도 눈물이 쏟아질 것 같은
일본의 할머니.
"힘내라" 라고 기운차게 악수를 청하는
젊은이들.
이곳은 오사카역이다.
모두의 배웅을 받으며 나는 지금 여기 아오노가하라青野ケ原
고원에 있다.
날마다 침대 위에서
높디높은 하얀 천정을 노려보고 있다
　-주위의 그 모든 것은
　왜 이처럼 나를 경원하는가?.-
높디높은 하얀 천정의 스크린은,
비춘다.
내 얼굴이다!
창백한, 볼에 살이 없는
내 얼굴이다!!
그 움푹 팬 멍한 눈동자는
침대의 내 얼굴을 계속 응시하고 있다.

-아아 그만.

그 얼굴!   고독. 절망.

사신死神에게 혼을 던져버리려는 얼굴

그 얼굴을 누구에게 보이려는 것이냐.-

　-너는 알고 있을 것이다

네 심장의 진홍색 혈액을 빨아 마시고,

볼 살까지 먹어 삼키며,

그리고 네 생명보다도 더

귀한 혼까지도 빼앗으려는

저 사신이 제멋대로 날뛰고 있다는 것을.-

　　-네가 사랑하는 어머니와 여동생을 쓸쓸하게 만들고

　너를 귀여워해준 나이 든 일본의

　할머니를 울리고, 그리고 사이좋은

　친구들과 헤어지게 만든

　저 사신이 날뛰고 있는 것을-

높디높은 하얀 천정의 스크린은

비춘다.

갈색 털북숭이 얼굴에

코가 높고 대머리의 키다리 사신

그 녀석의 핏발 선 눈은

번들거리고

큰 입을 쩍 벌리고

갈색 털북숭이의 긴 손으로
굴러갈 듯 살찐 불독처럼
그는 안경을 쓰고
담배를 꼰아물고 히죽대고 있다
작은 사신의 얼굴을 쓰다듬고 있다
높디높은 하얀 천정의 스크린은
비춘다.
　　내 얼굴이다.
　　창백하고 볼에 살이 없는
　　내 얼굴이다.
　　그런데. 그 움푹 꺼진 눈동자가 빛을 내기 시작했다!
　　얇은 입술은 떨기 시작했고
　　쥐어짜듯 소리 내기 시작했다!!
　　-그렇다. 나는,
나는 혼을 빼앗기지 않을 테다.
나의 사랑하는 어머니와 사랑스러운 여동생을 위해
나를 자신의 아이처럼 돌봐준
저 나이든 일본의 할머니를 위해
기쁨과 괴로움을 함께 해온
나의 친구들을 위해
나는 혼을 빼앗기지 않을 테다-
　　-사신의 더러운 피와 살을 더러운 혼을

이 나의 노여움으로 불타는 혼으로
   다 태워버릴 테다. -
높디높은 하얀 천정의 스크린은
비춘다.
사신이 불타고 있다.
새빨간 화염으로 불타고 있다.

편집후기

새삼스러운 일은 아니지만 예정보다 발행이 늦어졌습니다.

1인당 1편이라는 원칙을 지키려고 노력했습니다만 뜻대로 되지 않았습니다. 7호에 이르면서 지금 여러분의 역량은 한계에 달한 듯합니다. 악보를 보지 못하는 사람도 노래를 부를 수는 있겠지만 악보를 볼 줄 알아야 비로소 소리의 험난한 세계와 마주하게 되는 것처럼, 회원 한분 한분은 지금 한 고비를 넘고 있다고 생각됩니다.

이를 어떻게 극복할 것인지는 단순히 감각만으로 해결될 것 같진 않습니다. 쓰는 사람이나 읽는 사람이나 하나의 창작물에 대한 열정을 몸소 느끼고 나누어야 한다고 생각합니다. 계절은 점점 지내기 힘든 시기로 접어들고 있습니다. 곧 장마가 찾아오겠지요. 언제까지 봄기운에 들떠 있을 수만은 없겠지요. 시들어 버린 꽃잎은 체념합시다. 진달래라는 것은 단순히 꽃을 의미하는 것이 아닙니다. 각오해야 합니다.

작품 배분에 상당히 고심했습니다. 투고된 순서대로 배분하였고 가능한 공평하게 하고자 최선을 다했으나 부족한 점을 통감합니다. 독자들의 우정으로 널리 양해해 주시리라 믿습니다.

문예총 오임준吳林俊 씨로부터 동인으로서 따뜻한 에세이를 받았습니다만 6호와 통신 1호에 중복되는 관계로 게재하지 못하였음을 알려드립니다. 널리 양해해주시길.

작품모집

시 · 평론 · 르포르타주 · 비판 · 의견 등 여러분의 원고를 기다리고 있습니다. 여러분의 소리의 광장으로 널리 이용해 주십시오.

보내실 곳

오사카시 이쿠노쿠生野區 신이마자토新今里 8-105
진달래 편집소

진달래 제7호

1954년 4월 30일 인쇄
1954년 4월 30일 발행
편집 겸 발행인 김시종
발행소
　　　　　오사카시 이쿠노쿠 신이마자토 8-105
　　　　　오사카 조선시인집단
　　　　　진달래 편집소

作品募集

詩・評論・ルポルタージュ
批判・意見等、みなさまの
原稿をお待ちしています。
皆様の声の廣場として大い
に利用して下さい。

宛先　大阪市生野区新今里
　　　八〇五　進達莱編集所

進 達 莱　第7号

一九五四年四月三〇日印刷
一九五四年四月三〇日発行
発行所
編集兼発行人　金時鐘
　大阪府生野区新今里八〇五
　大阪　朝鮮詩人集団
　　進達莱編集所

읽자! 문단연종합기관지를!!
조선평론 4월호 72쪽 60엔

주요목차

문화전선의 확대강화에 대해 / 신홍제申鴻湜

김사량・그 사람과 작품 / 김달수金達壽

제네바 회의와 조선문제 / 김병식金炳植

전후인민경제 복구와 문학예술가의 당면 임무 /

한설야韓雪野

〈시〉

김시종金時鐘・이길남李吉男

서클 순례 『진달래』 / 홍종근洪宗根

발행소

도쿄도東京都 지요다쿠千代田区 후시미쵸富土見町 2-4

조선통신사 내

오사카大阪 취급소,   명저명민주서방名著名民主書房

『진달래』편집소,   문총서기국文総書記局

讀もう！文団連綜合機関誌を！！

◎　朝鮮評論 4月号　72頁　60円

◇　主　要　目　次　◇

文化戦線の拡大強化について　中鴻淀

金史良・その人と作品　金達壽

ジュネーブ会議と朝鮮問題　金炳桓

戦后人民経済復旧と文学芸術家の当面の任務　韓雪野

∧詩∨
金時鐘・李吉男
サークルめぐり〝ダンダレ〟　洪宗根

◎　発行所　東京都千代田区富士見町二〜四　朝鮮通信社内

◎　大阪取扱、各著名民主書房、ダンダレ編纂所、文総書記局

진달래

デンダレ

第8号

모음
樹林
쏲 波 진달래
젼진 大同江 新脈
文化版
무지개 산울림

抵抗苧

8

大阪朝鮮詩人集団 機関誌

제 8 호

(1954년)

목 차

- 공부실 *국어작품란* 이웃 교실 / 권경택權敬澤

투고작품
- 월급날 / 김학렬金學烈
- 야학 / 김중학金重學

추도
- 우리가 죽어도 / 에셀 로젠버그
- 「사랑은 죽음을 넘어」를 읽고 / 김병국金炳國

연구회통지
편집후기

第 8 号　目 次

나 리

— 조선동화에서 —

순사나리 개나리
나리[1] 중의 개나리는
봄 동산에 움튼다는데
순사나리의 엉덩이에는
개가 왕왕 짖어댄다.

주사나리 미나리
나리 중의 미나리는
뒤편 논에 자란다는데
주사나리의 머리는
미끌미끌 미끌거린다.

　이것은 일제시대 초기부터 조국에서 자주 불린 동시의 하나.
양검 차고 남의 것을 제 것인 양 하는 순사양반에게 개나리
犬旦那라는 것은 황송한 비유 아닐까?
　논에 있어야 할 미나리를 미끌미끌, 옆 나라(즉, 조선)에
자란 나리로 비유하면 아무리 바보같은 그들이라도 오래 있
으려야 있을 수 없었음에 틀림없다.

---

1)나리: 관리나 권력자에게 붙이는 경칭 '단나旦那' 원문 주

[주장]
집단이 나아갈 길

진달래가 탄생한 지도 1년여가 지났다. 처음에 몇 명으로 시작한 우리 집단이 지금은 30명에 달하는 회원을 확보하였고 기관지 『진달래』도 제8호를 발간하기에 이르렀다. 대중은 우리집단의 활동에 커다란 관심을 기울이고 있으며 애정 어린 비판과 지원의 손을 내밀고 있다. 또한 고정 독자도 생겨나고 있고 작품도 점차 향상되고 있다.

우리는 이와 같은 성과를 얻은 것을 자랑스럽게 생각한다. 하지만 그 반면 우리에게는 적지 않은 결함이 드러났고, 정세는 새로운 임무와 과제를 우리 집단에 부여해 왔다. 이 새로운 책임을 수행하기 위해 우리 집단의 존재방식과 나아갈 방향을 분명히 하고 모든 회원의 의사를 통일하고 싶다.

최근 우리 집단에 분분한 논란을 야기하는 문제가 세 가지 있다. 첫 번째로, 우리 집단이 폭넓게 대중을 결집시키기 위해서는 조선민주주의인민공화국 지지여부를 불문하고 시 애호라는 한 가지를 중심으로 조직되어야 한다는 의견이고, 두 번째는 수폭문제 등 대중의 감정과 요구를 파악하지 못한다는 의견이다. 세 번째는 우리의 작품이 광범위하게 대중에게 사랑받지 못하고 있다는 의견이다.

제1 문제—이것은 우리 집단에 정치적 입장이 있느냐의 문제이다.

우리는 분명 정치적 입장을 갖는다. 우리는 조선민주주의인민공화국의 깃발을 높이 들고 있으며, 조국을 양분하여 참상을 가져온 한·미·일의 파시즘을 증오한다. 우리 집단

은 창립 당시부터 이러한 입장에 서 있다. 즉 창립 당시에
는 침략자를 조국의 땅에서 쫓아내기 위해 시를 들고 싸우
는 것이었다. 오늘날에는 조선민주주의인민공화국 북반부의
부흥건설을 추진하고 조국의 평화적 통일독립을 위해 시를
가지고 싸우지 않으면 안 된다. 우리의 정치적 입장을 속이
거나 감추거나 하는 것은 결국 대중에게 거짓말을 하는 것
이고, 우리 집단의 활동을 대중의 뒤떨어진 수준으로까지
끌어내리는 일이며, 투쟁하는 대중으로부터 외면당하고 우
리 집단의 발전을 방해하게 될 것이다. 우리는 이상과 같은
입장을 명시한 후에 정치적 입장이나 의견을 달리 하는 문
학단체, 서클, 개인들과 평화 등의 공통된 문제에서 우호와
제휴를 강화하기 위해 노력할 것이다.

　제2 문제—진달래 제7호에 수소폭탄 관련 시가 없다는 국
제평화병원 간호사의 비판은 우리에게 있어 통렬한 것이다.
우리는 분명 세상의 움직임과 대중의 투쟁에 뒤지고 있었음
을 인정해야 한다. 우리 집단의 정치적 입장이 명확해진 이
상 우리의 활동은 파시즘에 대한 대중의 투쟁 속에서 이루
어져야 한다. 이것이 대중의 행복을 수립하는 힘이기 때문
이다. 우리는 대중의 투쟁을 노래하고 확대하지 않으면 안
된다. 우리 작품의 주제와 제재 등의 동일성을 요구하는 것
이 아니다. 대중의 비분고투와 희망은 생활의 구석구석에
가득 차 있으므로 주제와 제재는 각각의 독자성과 개성을
가지는 것이 당연하기 때문이다.

　제3 문제—이상의 두 가지 임무를 수행하기 위해서는 무
엇보다 우리의 작품이 대중에게 사랑받아야 한다. 이를 위
해 우리는 대중의 비판을 겸허히 배울 필요가 있다. 하지만
그렇다고 모든 대중의 비판을 무조건적으로 받아들이는 형

태여서는 안 된다. 왜냐하면 데카당적인 영향 하에 있는 대중 역시 많기 때문이다. 따라서 우리 작품비판의 기준은 대중을 감동시키는 것만으로는 불충분하므로 대중의 투쟁을 고양시키고 격려하는 것인지 아닌지에 두어야 할 것이다. 이 기준을 뺀다면 공허한 외침이 되거나 낮은 대중을 추종하는 실수를 범하게 된다. 우리는 조만간 이상의 세 가지 기준에 기초해 우리 집단의 새로운 강령을 제시할 것이다.

[수폭특집]
박실 홍종근 권경택 김탁촌 정인
부백수 안휘자 김시종 원영애

안전한 피난소

박실

온통 금지 투성이인 요즘
인간의 모든 기관의 활동에도 또
봉인이 붙여질 듯하다.
——바닷물에도 방사능이 흐르고 있는 듯 하다
——공기는 또 어떨까?
　헤엄치고 싶으면
　밀실 안에서 손발을 휘젓는 것이 좋다.
　호흡하고 싶으면
　진공 속에서 헐떡이는 것이 좋다.
그래!
밀실 속으로 이사하는 것이 좋을 게다
지하실에 유폐된 죄인처럼
질식할 것 같은 생활을 견뎌온 우리
돌처럼 몸도 마음도 단련돼 있다.
하지만 금지령 공포자들이여
잿가루 제조자들이여

너희는 피난할 장소가 있는가?
먼지 한 톨조차 흙 한 줌조차
모든 것이 휩쓸려가지는 않을까, 하고
두려워 떠는 너희들
공기도 물도 빛도 모든 것을
독차지하려는 너희가
밀실에서 일초라도 견딜 수 있을까?
너희가 도망갈 곳은 성층권보다 훨씬 높은 곳으로 승천하거나
지하 수만리 깊이로 매몰하거나
지상에 살아갈 방법을 궁리하거나
그 어느 쪽인가를 선택할 수밖에 없는 것이다.
무대는 끝났다.
세계를 위협하려는 자가
세계를 두려워하기 시작했다.
스스로 퍼뜨린 죽음의 재가
저주의 소리를 싣고 튕겨 올랐다.
스포트라이트가 기분 좋게 비춘다.
행동을 개시하는 우리들
새파래진 너희들
너희가 울부짖고 허둥대는 사이
우리는 착실한 일을 사랑한다.
거대한 천착기와 펌프도 완성이 가까워온다.

너희를 지상에서 없애기 위해
잿가루와 더러움을 흩뿌리기 위해
우리의 기계는
굉음을 내며 회전할 것이다.
자 너희의 고동 소리가 끊어지기 전에
어느 길인가를 선택하라!
잿가루 제조자들이여   만일
지상에 오래도록 살기를 바란다면
단 한 가지 방법을 가르쳐 주마
그것은 때를 미루지 말고
——너희 공장의 스위치를 끊는 것이다.

행방

홍종근

그리고 곧
비가 내렸다

비는 연못에 추락하여
둑을 흘러
매립지 쓰레기를 때렸다.

밤새도록
쓰레기는 맞고 또 맞아서
허리를 구부리기 시작했다.

질척 질척하게
흙은 흘러
출렁 출렁
썩은 몸을 토해냈다

완전히 묻어버렸을
신형군함이
월가의 의도대로

자연의 동화작용에 따라
넓어지기 시작했다.

여기는 시바타니柴谷 처분장
단속하는 법도 없고
죽음의 공포는
시시각각으로
그 지배지를 넓혀갔다.

잇닿아 있는 땅에
역이 있고
마을이 원주를 그리고 있었다

여름 해변에서

권경택

처음으로 그물을 보았다.
모래사장에 무언가 부족한 수확이 끌어올려진다.
몰려드는 어부의 머릿수에도 미치지 못 한다.
도미, 정어리, 게.
강렬하게 비치는 여름 태양에 비늘이 눈부시게 빛나
마치 동화에 나오는 황금 물고기 같다
그 중에서도 정어리는
스프링 장치라도 한 것처럼 튀어 올라
해변에 거친 항의의 물보라를 뿌리고
넓은 바다를 요구하고 있다.

우리가 찾던 바다는 오염되어 있다.
남쪽 바다는 해면도 해저도 오염되어
방사능을 띤 해류에
죽은 물고기가 떠다닌다.
남쪽 하늘도 오염되어
방사능을 띤 기류가 불어제치고
오래도록 기분 나쁜 비를 내린다.
해류도 기류도
검은 물결이 되어 불어오고 몰려와

세차게 일본열도를 휘게 한다.
내 앞에 바다가 있다
이명이 들릴 정도로 조용한 바다다.
소년시절 해변에 서면
푸른 희망에 부풀어 올랐지만……
지금은 그렇지 않다.
가슴 한 가득 넘쳐나는 것은 분노다.
그것들을 해파리로 만들어 바위에 내동댕이치고 싶다
나의 화난 눈은
끝없이 불타올라 한여름 정오의 태양이 된다.

딸기 딸 무렵에 생각한다

김탁촌

딸기를 딸 때쯤,
맛있어 보이는 색이 얄밉다
비를 맞아 반질반질 빛나는 색이 애가 탄다.
아 장마철
벼는 괜찮을까?
가지와 오이는?
호박과 수박은?
아 내가 아주 좋아하는 것들
또 하나의 지구가 갖고 싶다.

(『어제, 오늘의 일기장』에서)

실험

정인

어처구니없는 소리가
지구를 뒤흔들었다

섬광은 눈 깜짝할 사이에
세계를 일주했다

태고의 역사를 간직한
태평양은 무참히도 두 개로 갈라졌다.

요람의 땅을 사랑한 바다의 아이들은,
분노로 떨었다.

구름 그늘에서 졸고 있는 풍요로운 하늘은
방사능에 상처 입었다.

세계의 파멸인가?
하지만 즐기고 싶다……

수폭이 무어냐

부백수

죽음의 재가 무어냐
비가 내렸다고 해도
상관없다
참치회도 먹을 수 없고
도대체 살아있을 수나 있느냐?
어쨌든, 죽어버리면 끝이다.
위험해—
뭐가 평화냐!
평화　평화 하고 신음해 본들
결국 수소폭탄은 만들어지고 있다.

하하하하……
자포자기가 되어　비웃고 있자니
성가신 게 없구나.

쾅　하고　다시 한 번
변변찮은　이 지구를
한여름 밤하늘에
　높이 쏘아 올리는 불꽃처럼
멋지게　냅다 쏘아버려라!
　어차피　별 볼일 없는 지구다.

그날 그날의 생활에 쫓겨……
빈곤 따위 음매 음매하고 우는 소다
괴로움이나 탄식이 있을까보냐.

제기랄!
하하하하……
그런데   나는   아직   젊단 말이다.
왜   나는   이렇게도
신음하지 않으면   안 된단 말인가.
잘난 인간들로부터
저주받을 이유는   털끝만큼도 없다.

보아라!
우리   잘나지 않은 인간에게는
이렇게도
커다란 주먹이   두 개나   있단 말이다.

아아
악마도 싫어하는 이 세상의 신이
외톨이가 되어   쓸쓸해 하는

그 얼굴을
그는   뱃속 깊은 곳에서   흥
   후려갈겨주고 싶구나.

1954. 6.19

죽음의 상인들은 노리고 있다

안휘자

죽음의 재가 수풀 속에 내린다
사람의 마음을 깜깜한 밤처럼 어둡게 한다.
차가운 바람이 불어와
내 공포는 얼어붙고
빡빡 문질러대듯 가슴이 아프다.
죽음의 상인들은 노리고 있다
공포 때문에 우리의 영혼이 포기하는 것을
깃발을 말아 땅에 엎드리는 것을.
우리는 어깨를 편다
눈동자를 반짝이며 죽음의 상인들을 응시하자
너희의 실험재료는 되지 않을 테다.
죽음의 상인과   만성자살 ──

처분법

김시종

제방 위에서
장례식을 보고 있다.
백주대낮의 공공연한 학살을
이 두 눈은 똑똑히 보고 있었다.

'출입금지' 팻말에
개새끼 한 마리 근접할 수 없는
이런 세상이 어느 틈엔가
오사카 한구석에 둥지를 틀고 말았다.

쓰레기 더미로 매워진 매립지를 파고 파서
이천 수백 관이나 되는 엄청난 양을
시바타니柴谷 처분장은 처분했다고 하였으나

파묻어 버린 것이
물고기뿐이었다고는
나는 도저히 믿을 수가 없다.

참치가 사람 크기만한 것도
놀랄만한 것이었으나

한 구덩이에 처넣어진 채
쓰레기처럼 뭉개지는 데는 깜짝 놀랐다.

나는   이전에도
이와 같은   장례를   알고 있었다.
태워진   시체는   분명히 새까맸는데
시대는   산 채로 죽어가고 있었다.

1954년 6월 6일

수폭과 여성

원영애

푸른 하늘이 몹시 아름답다. 신선한 초여름의 바람이 기분 좋게 스치고, 초록의 물방울은 강렬하게 사람의 마음에 향수와 같은 자연의 애정을 상기시킨다. 때때로 초여름 날 이름 모를 흰 꽃이 흐드러지게 핀 길을 갈 때의 기쁨은 한층 더하다.

1년 중 가장 좋아하는 이 계절이 올해는 어이없이 지나버린 것 같다.

맑은 하늘을 조금 보이고서는 흐리거나 계속 비가 온다. 게다가 방사능에 대해 듣고 나서는 무언가 걱정이 하나 더 늘어난 기분이 들고 공포심 같은 것이 계속 떠나지 않는다. 식사 때, 생선을 보면 예민하지 않은 편인데도 먹는 것이 겁난다.

싱싱한 딸기를 열심히 먹고 있다가 문득 비에 방사능이 있었다는 얼마 전 신문기사를 떠올렸다. 그 이후로는 먹으면서도 계속 이것 때문에 백혈구가 조금씩 줄어드는 것은 아닌가 하고 농담으로라도 생각하게 된다. 게다가 야간 고등학교에 다니는 사촌이 "강풍특보가 발효되고 방사능비가 내려 귀가하라고 했다"고 하며 일찍 집으로 귀가했다.

이때만큼은 나도 모르는 사이에 죽어가는 것은 아닌가 하는 분노가 끓어올랐다.

지난 달 도쿄에서 행해진 청년여성평화대회를 계기로 세계와 일본의 평화운동을 되돌아 볼 수 있었고, 나는 여성으로서 커다란 반성과 책임을 갖지 않을 수 없다. 그것은 원폭·수폭 반대 소리의 중심에 가까운 육친을 잃어가는 직접적 피해자인 여성이 자리한다는 사실이다. 물론 남성도 교육·종교·문학·과학계에 이르기까지 광범위한 반대운동을 전개하고 있지만 그 중에서 가장 현실적인 소리를 내는 것은 여성이다. 아이들과 남편, 연인을 잃은 슬픔이 누구보다도 강한 것은 여성이라고 생각한다. 여성이 약한 육체에 감수성을 가지고 있기 때문에 슬퍼한다는 것은 아니다. 인간의 애정을 만들고 생명을 자라게 하는 것은 여성이기 때문이다. 여성이 사랑하는 것을 빼앗기게 될 때 자신의 죽음과 같이 느껴 필사적이 될 것이다. 자본주의가 낳은 여성은 미적 가치와 생식의 도구로 취급당했다. 그리고 그 사회는 여성의 부드러움을 약함으로 인식시켜 종속시켜 버렸다.

그러나 평화에의 요구가 나날이 거세짐에 따라 여성은 자각하게 되었다. 게다가 절박한 요구를 가지고 저항의 최전선에 서 있다.

흐르는 물을 막는 것은 어딘가에서 둑을 무너뜨리는 것을 의미한다. 사람의 생명이 정지해 있지 않은 것처럼 여성의 생명도 성장해 간다.

생명의 애정으로부터 자각한 여성의 강인함은 꾸미지 않은 끈질김을 갖는다. 두 번 다시 패배를 되풀이하지 않는 분명한 자각이다.

미국의 인권선언 때 여성선언을 한 올랭프 드 구주[2]는 '국민이란 남자와 여자 전체이다. 모든 시민은 남녀를 불문하고 법 앞에 평등하고 그 인격, 능력에 따라 공공의 번영

---

2) Olympe de Gouges (1748-1793). 프랑스 페미니즘 운동의 선구자. 프랑스혁명 시기에 여성에게도 참정권을 부여해야 한다고 주장.

과 지위, 직무에 종사할 수 있어야 한다. 여성은 교수대에 오를 권리를 가짐과 동시에 연단에 오를 권리도 가진다. "여성이여 눈 뜨라"고 말했다. 그녀를 교수대에 묻어버린 것은 자본주의자이다. 그 후의 여성운동도 그들의 파폭에 쓰러져 갔다. 그들은 여성의 권력에 한계점을 둔다. 그 한계점을 그은 사회가 여성의 한계보다 상위에 있었다는 것을 알고 있을까? 여성의 예속은 사유재산의 출현이고 사회개혁은 여성해방이 우선되어야 한다고 경제학자는 역설하고 있다.

이러한 것들로 나는 여성해방에 눈뜨고 자극받으면서도 아직 직장에서 남자 동지의 봉건적 이성관을 암묵적으로 인정하고 있었다. 자본주의가 남긴 여성관 남성관은 일거에 개혁되지 않는 것이 현실이다. 여자는 남자의 힘 속에 안주하려 하는 자주성 없음을 발견한다. 여성의 아름다움은 남성을 위해 있는 것처럼 받아들이는 자도 있다. 이것이 남성의 우월감을 더욱 조장하고 있기 때문에 남성은 여성을 여유롭게 내려다볼 수 있다. 나는 나 자신에게 '여성이여 눈 뜨라'고 말하고 싶다. 그리고 방사능비가 내려도 무신경한 여성에게 더욱 말하고 싶다.

흰 꽃이 피는 계절에 수폭의 위협이 바위처럼 엄습해 왔다. 우리가 일어서지 않으면 다시 과거의 불지옥의 확대도가 전개될 것이고 여성이 자각하지 않으면 굴욕의 역사는 반복될 것이다.

원·수폭반대운동은 여성해방운동과 연결되고 그리고 그것은 가정과 직장의 봉건성과 싸우는 것이다.

아이와 남편, 연인을 사랑하기 때문에 다른 여성이 일어선 것처럼 나는 학생을 위해 일어서지 않으면 안 된다. 수

학문제를 풀고 있어도 생활에 대한 문제가 늘 떠나지 않아 공부하기 어렵다고 호소한다. 민족교육을 방해하는 것은 젊은 영혼까지 파먹으려 한다. 초여름의 초록과 흰 꽃을 사랑하는 것처럼, 나는 젊은 그들의 영혼을 사랑한다. '여성이여 일어나라' 이 모임의 여성 의원의 추태를 비난하지만 인간의 권리를 지키기 위해 싸운 것은 폭력이 아니다. 어떤 말을 들어도 기회의 권리를 남자에게 양보해서는 안 된다.

"교사여 일어나라" 파친코와 퇴폐의 마수로부터 민족교육 파괴자의 손에서 미래 조국의 과학자, 문학자를 지켜야 한다.

비키니환초의 주민이 고향을 쫓겨나 그 검은 피부에 죽음의 검은 색이 묻었다. 흑인을 두려워할 상황이 아니다. 격렬한 분노가 끓어오른다. 문학자가 원폭문학을 통과하지 않으면 끝나지 않는 것처럼 우리도 이들 저항선을 넘지 않으면 안 되고, 거기에 여성으로서의 자각이 없으면 사람의 생명도 애정도 지킬 수 없다고 믿는다.

映雲 악질적 수폭전 영화 –분노를 산 「지옥과 해일」

미국영화 「지옥과 해일」이 개봉된다. 이 영화 전체를 지배하고 있는 것은, 2,3년 후면 소련동맹의 세력은 미국 이상이 되기 때문에 지금 전쟁을 일으켜 소련동맹과 중국을 해치워버리라는 예방전쟁 사상으로 프랑스 과학자, 미국 자본가, 전직 군인인 거친 남자들이 도쿄에 모여 잠수함을 타고 소련동맹과 중국 수폭기지를 공격한다는 이야기이다. 게다가 그를 위한 기지는 일본이고 공격용 잠수함은 일본제이다.

특히 악질인 것은 이 영화의 마지막 장면으로 중국 스스로가 원자폭탄으로 중국의 동북부를 폭파하고 미국 탓으로 돌려 세계전쟁을 일으키려한다고 강조하고 있는 부분이다. 과연 전쟁꾼이 생각해낼 만한 내용으로 어느새 속내를 털어놓은 셈이다.

시 언어에 대하여

쓰보이 시게지3)

　　　　신체시　시대에는　특수한 '아어雅語'
가 시어로 사용되었지만 지금은 오히려 그와 같은 '아어'
는 일반에게 배척당하고 있다. 그리고 그러한 의미에서
'시어'라는 것은 이제 현대시와는 거리가 먼 것이 되고
있다. 오늘날 우리의 시는 오늘의 우리가 사용하는 일상어
로 표현해야 한다는 것이 대체적인 상식이 되어 있다. 그렇
다면 시 언어와 일상 언어 사이에는 아무것도 구별될 만한
것이 없느냐 하면 꼭 그렇다고 단언할 수는 없는 문제가 있
다. 물론 우리는 타쿠보쿠啄木가 '먹을 만한 시食ふべき詩'라
는 시론 속에서 말한 바와 같이 '슬프다'라고 생각한 것을
'아아 슬프도다' 등으로 표현할 필요는 없다. 그와 같이
오늘날의 시는 우리 일상어를 기초로 한 것이면서도 그것이
시 언어가 되기 위해서는 일상어로부터 독립한 것이어야 한
다는 것이 시 언어에 대한 나의 생각이다. 시 언어가 일상
어로 표현되면서도 게다가 그것으로부터 독립한다는 것은
다시 말해 작가가 그 언어를 객관적으로 지배한다는 것은
결국 언어와 언어와의 가장 의식적인 조합이라는 것에 문제
의 초점이 있다. 우리의 일상 언어(주로 회화에 대해 말하
면)는 반드시 의식적인 조합으로 하는 것이 아니고 종종 즉
흥적으로 말하거나 어떤 경우에는(특히 수다의 경우에는) 반

---

3) 壺井繁治.1897-1975. 일본의 시인. 일본공산당원·

무의식으로 흘러 거기에 일관된 사상이라고 할 만한 것은 담겨있지 않다.

오구마 히데오小熊秀雄[4]는 스스로 '수다쟁이 시인'으로 자처했지만 그의 수다 언어가 시가 될 수 있었던 것은 그 수다를 지배하고 있었기 때문이고, 단지 그가 수다이고 그 수다 언어 사이사이에 시언어가 흐르고 있었다고 한다면 그것은 시가 되지 못했을 것이다. 같은 일상어가 그 조합여부에 따라 단지 일상어로서 현실의 바다에 거품처럼 사라져 버리거나 우리의 의식 속에 지우기 어려운 각인으로서 남아 있거나 하는 것이다. 따라서 우리가 뛰어난 시를 만들기 위해서는 대중의 언어의 혼잡함 속으로 깊이 들어가 거기에서 가장 현대적인 영향을 가진 언어를 파악하고 그것을 시적으로 가공하여 시적으로 조합할 필요가 있다. 시에 있어서 언어의 시적인 조합은 단지 손재주의 문제가 아니라 그 시인의 현실에 대한 태도, 자세에 의해 규정된다. 시에 있어서의, 단어와 단어의 조합의 다양한 등장은 요컨대 현실과 현실과의 관계를 어떻게 파악하고 있는가 하는 것과 관련된다고 생각한다. 현실사회를 완전히 어둡고 절망적인 것으로 생각하고 더 이상 그곳에 절대로 출구가 없는 것으로 보는 시인은 필시 어두운 언어와 언어의 조합에 의해 어두운 이미지만을 시 세계에 붙여둘 것이다. 초현실주의는 현실의 질서로부터 시를 단절시키기 위해 언어와 언어가 있는 특수한 조합을 담당했다. 그러나 그것은 어디까지나 '초현실'이고 거기에 현실변혁의 방법은 없었다. 우리의 시는 모순과 불합리에 가득 찬 현실사회를 변혁하기 위한 시여야 하며, 따라서 현실과 역사와 단절하는 것이 아니라 그것과 대

---

4) 1901-1940. 일본의 시인이며 소설가.

결하는 것이며 이 현실과의 대결관계에 따라 새로운 질서를
만들어내기 위해 싸우는 것이고 이 싸움의 과정에서 새로운
언어의 조합이 생겨나는 것이다.

(『열도』1월호「특집 시의 언어에 대하여」에서)

전진하는 조선문학[5]

문화선전부 부상副相[6] 정율[7]

『신조선』 12월호(중국어판)는 조선민주주의인민공화국 문화선전부 부상 정율 씨의 「전진하는 조선문학」이라는 제목의 다음과 같은 논문을 게재했다.

1953년은 조선문학사상 특기할 만한 사건이 많은 1년이었다.

조국해방전쟁이 승리로 종결됨에 따라 우리 인민들 앞에는 새로운 역사적 임무가 제시되었다. 그것은 전시 중에 참혹하게 파괴된 우리 인민경제의 복구발전과 민주기지를 한층 강화하기 위해 장엄한 투쟁을 개시하는 것이다.

지난 1년간 우리 문학예술부문에는 적지 않은 변동이 일어났다. 그것은 우리 문학활동가의 대오가 지난 1년간 조직상, 사상상, 정치상의 통일과 단결을 한층 강화한 것이다.

우리는 노동당 제5차 중앙위에서 수령이 보고한 정신을 근거로 하여 문학예술부문에 있어서의 강력한 사상투쟁을

---

5) 본 평론에는 북한에서 활동하는 다수의 시인·작가와 그들의 작품이 거론되는데 본 번역서에 있어서의 작품제목은 본 평론의 일본어판에 기초한다.
6) 副相은 차관급
7) 1956년 숙청되었다.

전개하고 미제국의 사상적 앞잡이를 숙청하여 부르주아사상
의 유해한 독소와의 무자비한 투쟁을 행했다.

  그와 동시에 작년에 소집된 역사적 의의를 갖는 전국작가
예술활동가대회에서는 문학예술총동맹을 해산하고 작가동맹
을 조직하여 우리 문학발전에 유리한 조건을 만들었다.

  전국작가예술가대회는 조선문학예술이 8.15 해방 이래 8
년간 쟁취한 영광스러운 성과를 총결하고 전 작가예술가에
게 우리 문학예술부문의 결함과 일체의 잘못된 경향을 극복
하기 위해 힘찬 투쟁을 전개해야 한다고 외치며, 또 그들에
게 전후의 인민경제복구발전을 위한 투쟁에 전 인민이 총동
원되어 있는 새로운 정치 정세 하에서 문학예술의 사업을
일보 전진시키기 위한 구체적인 임무를 제시했다. 동시에
또 그들은 당과 수령의 가르침을 지키고 왕성한 창작활동
속에서 커다란 승리를 쟁취함으로써 그들에게 부과된 영광
스러운 임무를 완수할 것을 요구했다.

  이와 같이 우리는 작년에 문학의 각 부문에서 뛰어난 성
과를 얻어냈으며, 이것은 곧 승리를 향해 전진하는 우리의
사회적 기본방향을 반영하는 것이었다.

  현재까지 각 부분을 총정리하면 다음과 같다.

一. 시

  우리 시 분야에 있어 전투적인 조선 전선의 후방 생활을
그린 뛰어난 장편서사시 2편이 작년에 발표되었다. 민병균
閔丙均[8]의 「오로리평야」 [9]와 「조선의 노래」 가 그것이다. 이

---

8) 1914-? 황해도 신천 출생. 시인, 소설가. 1930년대부터 문필활동을
   시작. 광복 이후에는 조선문학가동맹 시부위원회에 소속되어 창작활동
   을 전개하였고, 광복 직후 월북하였다.

두 편의 서사시는 작가능력을 명확히 나타내며 우리 시를 새로운 발전단계로 밀고나가는 것이었다.

서사시「오로리평야」는 식량증산으로 분투하는 우리 농촌여성의 숭고한 애국정신, 불요불굴의 투지 및 혁명적인 낙관주의정신을 진실하고 생생하게 그리고 있다.

이 작가는 혁명적인 발전과정, 새로운 것과 오래된 것의 투쟁 속에서 주인공 '유만옥兪万玉'의 형상을 묘사하면서 그녀의 투쟁과 전쟁의 승리를 쟁취한 전인민의 투쟁을 연결시키고 있다. 작가는 객관주의적, 방관자적인 입장에서가 아니라 깊은 감격과 우정으로 주인공의 투쟁을 노래하고 리얼리즘문학의 깃발을 더욱 높이 들었다.

즉 서사시「오로리평야」는 그 구성과 인물형상에 있어서 몇 가지 해결해야 할 결점을 가지고 있지만 그 주제의 적극성과 인물의 전형성, 또 작가가 인민의 생활 속에 깊이 스며들어 인민적 입장에서 쓴 것으로, 이것은 실로 우리 시가 조선전쟁의 과정에서 쟁취한 성과의 하나이다.

장편서사시「조선의 노래」, 이것은 조국의 통일을 갈망하는 조선인민의 하나의 서사시이다.「오로리평야」는 유만옥을 중심으로 하여「오로리평야」에서 전개하는 하나의 구체적인 투쟁현실을 통해 영웅적인 후방인민의 헌신성과 놀랄 만한 노동운동을 예술적으로 묘사하였고,「조선의 노래」는 장명張明10), 한순韓順을 통해 조선전선에서의 장엄한 실제 영웅적인 모습을 묘사하여 조선인민의 영웅주의와 조국통일을 갈망하는 정신을 힘차게 노래하고 있다.

---

9) 함흥평야 북쪽에 위치. 함경남도 함흥군 오로리

10) 본명 장지락張志樂, 별명은 장명張明. 1905년 ~ 1938년. 사회주의운동가. 평안북도 용천 출신. 1936년 설립된 조선민족해방동맹의 일원이었던 것으로 보임.

「조선의 노래」는 처음부터 끝까지 작가의 조국통일에 대한 열렬한 감정으로 넘쳐나고 있다. 이 감정은 진해, 마산에 진격하는 '장명' 의 형상을 통해 진지한 예술표현으로 완성되어 있다.

우리 시가 작년 1년간 쟁취한 성과를 말할 때 아무래도 홍순철洪淳哲[11]의「그들에게 영광을かれらに栄光を」을 언급하지 않을 수 없다.

고도의 국제주의사상을 관철한 이 시집은 작가가 조선인민 대표단장으로서 위대한 연방 중화인민공화국을 방문했을 때 창작한 것으로, 조중 양국 인민의 끊을 수 없는 전통적인 우의와 중국인민의 위대한 영수 모택동 주석과의 한없는 애정과 숭고함을 강력하게 실현하고 더 나아가 조중 인민의 국제주의적인 우의단결을 한층 강화하는데 매우 커다란 공헌을 하고 있다.

시인 김순석金舜石[12]의 시집『영웅의 땅』[13]의 뛰어난 많은 작품도 우리 시작부문에서 쟁취한 좋은 성과이다.

이 외에도 박세영朴世永[14]의「신호원信号手」이원우李園友의 「스탈린은 아직 살아있다」정문향鄭文鄕[15]의「동방홍東方紅」[16] 김조규金朝奎[17]의「승리의 역사」김북원金北原[18]의「다수확농민」 조

---

11) 1949년 6월, '조국통일민주주의전선'의 기관지 『조국전선』의 주필로 선출됨.
12) 1921/22?-1974. 함경북도 출생. 전쟁 중에는 함경북도 문예총 위원장으로 활동. 대표작으로「벼가을하러 갈 때」(1948),「어랑천」(1951),「자유의 길」(1965), 시집으로『영웅의 땅』(1953),『찌플래스의 등잔불』과『호수가의 모닥불』(1960년대) 등이 있다.
13) 1953년작.
14) 1902년 ~ 1989. 시인
15) 1919~1993. 함경북도 출생
16) 중화인민공화국 마오쩌뚱毛沢東과 중국공산당을 찬양하는 가곡. 1960년대 프롤레타리아문화혁명기의 사실상 국가國歌.

벽암趙碧岩[19)의「자랑스런 나의 조국」민병균의「습격의 밤」,김순석의「섬」등의 단편시와 김홍金弘의「우리들의 유쾌한 생활」, 이선을李善乙의「저격수의 노래」김북원의「건설의 노래」신동철申東哲의「우리 중대의 노래」조영출趙靈出의「광산의 노래」등의 가사는 작년 우리 시부문의 우수작품이다.

그 다음으로 특히 지적해야 하는 것은 전선과 후방에서 연이어 신진시인이 나타나 우리 시인의 대오를 한 층 강화한 일이다. 이들 시인은 풍부한 생활체험을 하고, 특히 신선한 감정, 밝고 건전한 정서 및 혁명적 낙관주의 정신을 가지고 우리 시부문의 내용을 풍요롭게 하여 우리[20) 시를 위해 눈부신 발전의 길을 열었다.

김영철金永喆의「당과 조국을 위해」[21)는 8541고지의 고난에 찬 전투에서 당과 조국을 위해 마지막 피 한 방울까지 흘려보낸 신기철申基哲, 박원진朴元鎭 두 영웅의 투쟁모습을 생생하게 그렸다.

이 시의 내용은 극히 비장하지만 독자에게 결코 처참함과 비탄감을 주지 않고 고도의 혁명적인 낙관주의 정신으로 일관하고 있다.

박승수朴承洙의「고향의 복수자」는 인민군 용사가 조국과

---

17) 1914-1990. 평안남도 출생.
18) 1911-1984. 함경남도 출생. 1935년 3월『신인문학』에 소설「완구玩具」를, 같은해 11월『학등學燈』에 시「나지막한 하늘 저 너머엔 오래 그리던 임이 돌아와」를 발표하였고, 12월에는 유진오俞鎭午의 추천으로 소설「유랑민流浪民」을『삼천리』에 발표.
19) 1908-1985. 충북 진천 출생.
20) 김영철: 생몰연도 미상. 한국에서는 「당과 수령을 위하여」(1952)로 알려져 있다.
21) 1952년 9월 2일 8541고지에서의 신기철과 박원진의 불멸의 위훈을 노래한 작품.

향토방위를 위해 싸우는 끈질긴 정신을 리얼하게 그리고 있고 우리 인민군의 용맹함을 노래한 전병수田炳秀의 시도 그들이 당과 수령을 위해 모든 것을 바쳐 싸우는 굳은 의지를 잘 표현 하고 있다.

위에서 서술한 이들 작품은 오늘날 새로운 시대가 만들어낸 새로운 인물의 감정과 사상의 표현이며, 또한 이것은 우리 문학의 새로운 한 세대가 성장하고 있음을 증명하는 것이다.

二. 소설

지난 1년간 양적으로는 많은 작품을 내지 못했지만 질적인 면에서는 뚜렷한 발전을 보였다.

한설야韓雪野의 장편소설「역사」는 조선인민이 경애하는 수령 김일성의 항일유격투쟁을 주제로 한 작품이다.

작가는 이 작품 속에서 조국에 대한 한없는 열정과 적에 대한 증오로 인민을 고무, 조직하면서 혁명의 길로 인도하고 모든 곳에서 인민의 이익을 꾀하며 아이들을 특히 애호愛護하고 있다. 또한 무슨 일이든 면밀한 계획을 세우고, 실천함에 있어서는 모든 곤란을 극복하며, 뛰어난 전략전술로 승리를 쟁취하고, 정확한 혁명이론과 철의 규율로 유격대원과 청년들을 교육한 수령의 영웅성을 묘사하고 있다.

일본제국주의의 압제 하에 고통당하던 인민들은 그들을 위해 싸우는 수령의 영웅성을 보고 승리에 대한 신념을 더욱 확고히 했다. 때문에 인민은 우리의 모든 유격투쟁을 적극적으로 지지하고 또 참가한 것이다.

작품 속에서는 뛰어난 조직자이며 지도자인 김일성과 인민이 대동단결하여 적에 맞서 투쟁해 나가는 모습을 표현하고 있다.

황건黃健[22]의 중편 「행복」은 1950년 가을의 후퇴직전 어느 야전병원에서 활동하던 서례주徐礼珠를 통해 우리시대 새로운 인물의 뛰어난 도덕적 품성을 묘사하고 있다.

후방 인민의 애국적 모습을 그린 작품으로 우리는 천세봉千世奉[23]의 중편 「싸우는 마을사람들」을 들 수 있다.

천세봉은 이 작품 속에서 농민들이 적의 점령 시에 발휘한 불굴의 투지, 용감성 및 애국정신을 묘사하고 있다.

작가는 작품 속 주인공 최민국崔玫國[24]의 불굴의 행동을 통해 인민과 공화국에 대한 한없는 열정을 표현하고 있다.

우리는 작년의 문학성과를 언급할 때 풍자소설에 대해서도 또한 특별한 주의를 기울여야 한다.

김●●金●●의 「●●장군」은 풍자적인 방법을 사용하여 미제국 침략군과 그 앞잡이 이승만 괴뢰군의 강도적인 본질, 또 그들의 부패적인 내부모순을 드러내 사멸해가는 운명을 매우 잘 그려내고 있다.

이 외에도 천세봉의 중편 「흰 구름 자욱한 지방」, 단편 「소나무」, 변희근邊熙根의 단편 「행복한 사람들」, 조정국趙正國의 단편 「화활」 등은 인민을 애국주의사상으로 교육하는 유익한 작품이다.

우리 문학의 발전은 기성작가 뿐 아니라 신진작가들에게도 의존하지 않으면 안 된다.

권정●權正●의 「한강」, 이충영李充永의 「전우」 등의 작품은 그 내용 및 예술방면이 이미 참신하다고는 할 수 없지만

---

22) 1918-1991. 본명 황재건黃再健. 함경남도 출생
23) 원문에는 '千世奉'으로 되어 있으나 '千世鳳'의 잘못으로 보인다.
    1915-1986. 함경남도 출생.
24) 崔致國으로도 보인다.

그들의 향후의 창작활동에 대해서는 매우 큰 기대를 걸고
있다.

이 외에도 산문부문에서 많은 작품이 나왔다.

서만일徐万一의「행복한 원천」「빛나는 전망」「조국의
품으로 돌아가」, 한봉식韓鳳植의「노동전선」, 윤●철尹●哲의
「두 세계」, 「진실한 인간」, 변희근「위대한 초상」「할머
니의 소원」, 천●송千●松의「다리 공사장」, 김승구金承求의
「금책제철소」, 이●민李●民의「복구하는 원산시」등은 높
은 예술성으로 '인민의 염원과 투쟁'을 반영시키고 있다.

三. 희곡

작년에 창작된 희곡은 현실을 반영함에 있어서 그 냉담성
과 침체한 현상을 일소하고 오래된 편극법編劇法에 의해 묘
사하던 일부 유해한 경향을 극복하여 현저한 발전을 이루었
다.

●성●成의「바다가 보인다」는 우리 인민군이 적을 추격
하면서 낙동강 해전에 이른 제1차 진격시기에 있어서의 마
산 서북산계선에서 전개된 치열한 전투를 묘사하고 있다.
과거의 다른 작품도 인민군 영웅담은 그려내고 있지만 이
작품은 인민군의 다른 특성, 뛰어난 전술 및 인민군의 개성
을 생생하게 묘사하고 있다.

아직 젊은 극작가 홍건洪健[25]은 장편극「1211고지」를 묘
사했다. 이 고지는 주지하는 바와 같이 매우 유명하다. 적은
여기에 헤아릴 수 없을 정도의 강철을 박아 한꺼번에 막대
한 인명을 헤쳤다. 이 고지의 전쟁은 조선전쟁의 성격을 집

---

25) 소설가 '황건黃健'으로도 보인다.

중적으로 표현하여 인민군의 영웅주의의 상징이 되고 있다. 젊은 극작가가 이 복잡한 소재를 대담하게 처리한 것은 칭찬할 만하다.

이 외에 ●동인●東仁의 단편극「돌격로」는 간단한 형식을 사용하여 인민의 도덕적 품성을 잘 표현했다.

●응록●応祿의 단편극「유패流筏장(뗏목 운반장)」은 홍수를 각오하고 뗏목운반공작을 추진하여 전선에 목재를 공급하는 모습을 묘사하여 후방인민의 지원과 전선투쟁의 정황을 하나의 작품에 잘 묘사하고 있다.

그 중에서 특히 지적하지 않으면 안 될 것은 많은 제작자가 수령의 호소에 호응하여 민족문화유산 계승 활동에 참가한 것이다. 송영宋影26)의 희곡「강화도」는 이조시대 우리 선조들이 외적의 침략을 격파한 역사적 사실을 표현한 걸작으로 이 작품은 미제국주의의 침략정책은 오래전부터 그들의 본성이고, 우리 인민의 용감함은 전통적이라는 것을 설명하고 있다. 이 외에 김승구와 조영출은 가극과 편극編劇의 형식을 이용해 우리 민족 고전문학의 뛰어난 유산의 하나인「춘향전」을 다시 썼다. 또 윤두헌尹斗憲27)의 시나리오「향토를 지키는 사람들」과 한상●韓相●의「비행기사냥 조」및「정찰공」등의 작품은 작년에 시나리오부문이 이룬 커다란 성과이다.

위에서 서술한 작품은 작년에 우리 극작가 활동의 일부분에 지나지 않지만 이들 작품에서만도 제작부문의 전면적인 성과를 엿볼 수 있다.

---

26) 1903-1978. 극작가. 서울 출생.
27) 1914년 ~ ? 일제 강점기와 조선민주주의인민공화국의 작가 겸 문학 평론가로 함경북도 출신. 광복과 함께 월북한 이후에도 문학 활동을 펼쳤으며 1956년 10월 조선작가동맹 부위원장 등을 역임했다.

四. 아동문학

조선의 아동문학은 작년부터 발전을 보였다. 과거의 아동문학은 소수의 전문작가에 의해서만 쓰여 수공업적인 정체상태에 있었지만 작년부터 작가들의 특별한 주의를 불러일으켜 창작활동이 활발히 행해지게 되었다. 특히 작년 7월 12일에 소집된 아동문학 활동가대회에서 우리 아동문학 속에 존재하는 기본적 결함을 고치고 아동문학에 무관심한 좋지 않은 태도를 배격하여 아동문학의 활동을 고양시키기 위한 대책을 발표했으며, 그 이후 창작활동은 더욱 활발해졌다.

동시·동요부문에서 쟁취한 성과 중에서 이원우의 유극遊劇동요「수박 따기」, 윤●향尹●向의 동요「기계를 다루는 어머니」, 최석승崔石承의 동시「김일성 원수의 가르침」등을 들 수 있다.

위에서 언급한 동요와 동시는 공화국 인민민주제도 하에서 밝고 쾌활하게 자라는 우리나라 아동들의 생활감정, 도덕적 품성, 노동열애 및 ●●적인 우애정신을 리얼하게 표현하고 있다.

황민黃民의「탱크놀이」최석순崔石順의「복수의 불길」, 김용복金容福의「어린이 공장」, 송창일宋昌一의「산 속에 있던 적敵의 옛날이야기에서」등의 작품은 작년의 소년소설부문에서 얻은 좋은 성과이다.

다음으로 강효순姜孝順의「행복의 열쇠」와 시인 송정수宋正洙의「소영웅」, 또 자연과학적인 관찰과 동화세계를 조화한 박인범朴仁範의「누에고치와 파리」, 시적 형식과 산문형식을 사용하여 풍자적으로 그린 이원우의「언덕의 소나무」등은 모두 작년에 우리 아동문학이 이루어낸 좋은 성과이다.

x   x   x

위에서 우리문학이 바른 방향으로 전진하고 있음을 서술했지만, 그것은 결코 우리 문학이 당과 수령이 요구하는 수준에 도달하고 인민의 요구를 완전히 충족시켰다는 것을 의미하는 것은 아니다. (중략)

우리문학에는 아직 큰 결함이 두 가지 있다. 그것은 우리 문학이 현실의 전면에 전진하여 인민이 나아가야 할 길을 비추는 역할을 하지 못하고 오히려 현실의 꽁무니만 따라다니는 추미追尾주미와 기록주의적 경향이다.

앞에서 예를 든 것처럼 정전 후 전개된 인민경제건설 투쟁은 이미 오래되었는데 건설투쟁을 주제로 하여 노동자 계급의 새로운 인물을 그린 작품은 질과 양 모두 극히 뒤떨어져 있는 상태이다.

이 외에 큰 결점은 현실과 인물을 묘사하는 데에 개념화, 추상화, 공식화의 우를 범하고 있고 또 장편소설과 풍자소설이 상당히 결핍되어 있다. 그러나 이러한 결점도 이미 시정되고 극복되고 있음을 인정하지 않을 수 없다. (『조선통신』에서)

[주]

조국문학예술작가동맹의 위원장이신 한설야 선생이 같은 테마로 1953년도의 창작사업의 제 성과를 1만 9천어에 이르는 방대한 양의 논문으로 해명하고 계시지만, 본지에서는 지면 사정상 비교적 고결한 본문만을 게재했습니다.

물론 양자兩者의 경우, 평가의 기준은 본질적으로는 일치하지 않으면서도 본지에서는 끝까지 파고들었다고 할 정도

는 아니고, 따라서 조국의 문학의 실체를 알고자 하신 분에
게는 지나치게 공식적이어서 기대에 반한 느낌을 금할 수
없겠지요.

　그러나 이 소론을 통해서도 알 수 있듯이 조국의 작가예
술가들의 작품이 얼마나 조국과 인민을 위한 창작예술인가
를 알게 되셨을 것이라 생각합니다. 아울러 재일조선문학회
기관지『조선문학』제2호의 한설야 선생의 논문을 꼭 읽어
보시기 바랍니다.

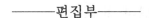

———편집부———

고목

강순희

끝없는 창공에
아름답게 가지를 뻗어
싸우는 고목을
나는 알고 있다.

혹독한 폭풍 앞에서도
찢어질 듯한 추위에도
흔들림 없는 그 위용을
나는 알고 있다

언제부터 서 있는
그 나무일까
세 사람이 둘러 안을 만큼의
거대한 고목이여

하지만 그 나무는 살아 있었다
말라버렸다고 생각했던 밑동에
일척 정도의 작은 어린잎이
아버지에게 붙어있는 아이처럼 살아 있었다.

설령 그 어린잎이
고목의 분신이 아니라 하더라도
고목은 바람을 향해 선다
의무가 있었음에 틀림없다.

나의 하루

홍공자

늦게까지 몸이 가루가 될 정도로 활동하고
지친 몸이 깊은 잠에 빠졌을 때 아침이 온다.
몸이 나른하다 잠이 오는구나
'게으름피우지 마라' 내 머리 속에
아버지의 화난 얼굴이 떠오른다
언제나 바쁜 하루
밥을 짓고 빨래 청소 아이보기
내 온 몸은 끊임없이
빙글빙글 도는 톱니바퀴 같다
아무리 일을 해도 생활은 편해지지 않는다
그러나……
나는 이를 악문다
내 있는 힘을 다해
하루라도 빨리
평화로운 행복한……
밝은 생활을 찾아
벗과 함께
차가운 바람 부는 오늘 밤도
한 집 한 집 대중大衆 속으로 신문을 넣는다
골목골목 마음의 등불을 밝혀 간다

일과를 마치고

나안나

벌써 내일이 가까운 시각이다.
살짝 문을 닫고
발소리를 죽이며
이층 방으로 돌아왔을 때
처음으로 휴-하고 숨을 내쉰다.
양말을 벗으면서
오늘도 있는 힘을 다해 살았는지 자신에게 묻는다
짧은 잠이 이어지는 어제 오늘이다.
내일
괴로운 기상준비를 해야 한다
학생들은 모두 잠들어 있겠지
열두 시를 알리는 종소리는
오늘밤도 뎅뎅 울려 퍼지고
조용한 밤공기를 감싼다

파친코점

정인

유리 속에서
둥근 철구슬이
미친 듯이 춤추고 있었다.

무수한 엄지손가락이
미친 여자의
히스테리컬한
슬픈 리듬을 연주하고 있었다

철 구슬은 핏발이 서고
고독과 광기가
못과 못 사이에 끼어 있었다.

　　담배가 춤추고
　　껌이 웃는다

재즈의 선율이
뇌수 속에서 아우성치고
사랑도 청춘도
소리를 내면서 떨어져 갔다

도항허가 취소

김탁촌

스웨덴 배 버마 호에
60만 중 단 한 사람의
사도使徒 리 호용 씨를 태우지 않는다고 한다
7690톤의 거구에
사람 한 명 태울 공간이 없고
짐 몇 가지 둘 곳이 없다고 한다
그런 것은 물론 아니다
'여행지가 북한이라서……
승선자가 북한사람이라서……'
다만 그것이
그 외의 어떤 것도 아닌 단 그것만이
'도쿄'에서 발행한 여권취소에 대한
정부의 앵무새 식 변명이다.
문화국 일본이
주권의 소재를 드러내 보인 이유다
스즈키[28]——입국관리국도 아니고
요시다[29]——정부도 아니다

---

28) 스즈키 하지메鈴木一. 1950년 10월~1954년 6월까지 출입국관리청장
    관, 입국관리국장 등을 역임한 인물.
29) 요시다 시게루吉田茂. 1953년 5월~1954년 12월은 5차 요시다 내각.

도국단盜國團 —그 스파이
광폭한 꼭두각시 조종자들의 처사이다

60만 동포와 조국과
조선인민과 일본인민과
진실을 이야기하는 것에
　두려워 떠는 것은 어찌된 영문인가
단 한 사람의 도항에
　당황해 쩔쩔매는 것은 어찌된 영문인가
동쪽을 향해 아득한 저편
요시다가 아양을 떨러 갈 때
동중국해를 건너면 안 되는 이유는 어디에도 없다.

'북유럽 스웨덴 배 버마호
5월 22일 오전 6시 10분
고베항 제3 제방에서 상하이행 출항'
단지 그 뿐만은 물론 아니다
그것은
동양의 한 항구에서
거구에 깊이 스며들었을 것이다.
조선과 일본의 노랫소리를 머금은 출항
깨끗이 닦아낼 수 없을 것이다

분노의 숨결이 닿은 출항
그것은
백 명의 사무라이족이
인민에게 권총을 겨누고 외국 배의 꼬리를 보면서 배웅했다
고 한다

샤벨과 스트립 정책의 나라 일본의 모습인 것이다
그것을 거짓없이
너희들 버마호 선객이여
다다르는 항구에서 전하라
바다를 보고 배를 보고 투쟁했던 사람들이여
사람들에게 전하라
이 진실을 전하라

진실과 평화의 사도
수많은 리호용씨를 도항시키기 위해
결집하자
모든 양심과 힘을
회오리를 따라 일어서는 일본 인민들이여
단 한 사람의 사도도 보내지 못한
재일 60만 동포여

1954. 5.22

투고환영

一 시, 평론, 르포, 에세이, 기타

一 글자체는 명확하고 단정하게

一 원고는 반드시 4백자 원고용지를 사용할 것.

一 원고는 일체 반환하지 않습니다. 마감은 매월 말일까지

一 송부처는 오사카시大阪市 이쿠노구生野区 히가시모모다
　　니東桃谷 4-224 오사카 조선시인집단

投稿歓迎

一 詩、評論、ルポ、エッセイ
　その他

一 字体は明確丁寧に

一 原稿は必ず四百字詰
　原稿用紙使用のこと

一 原稿は一切返却致しません

一 〆切は毎月末日迄

一 宛先は
　大阪市生野区栗桃谷区の三四
　大阪朝鮮詩人集団

[공부실]

국어작품란 (2)

이웃 교실30)

권경택

이웃교실은 일학년교실
힘찬랑독소리 들려온다
유리창에 소리 울리며 들려온다
아늑한 겨울아침 이른새벽에
째적거리는 참새같이
맑고 힘찬 소리마춰 랑독을 하고 있다.

"그림을 그립시다.
 우리 국기를 그립시다"
우리들의 부모가
고통속에서 난 어린동무들
우리들의 부모가
고통속에서 키운 어린동무들
모두다 자라가는 새싹처럼 힘차다
바람 차분 겨울 날씨에
불없는 교실에서도
어린동무들의 랑독소리는 맑고맑다

영특하게 자라가는 어린동무들이여
직원실에 있는 나도 따라 부른다.

"그림을 그립시다
우리 국기를 그립시다"

[김사량 작품집]
이론사理論社서 발행 고 김사량씨의 작품집이 김달수씨편
으로 요지음 발행되었다. 이 작품집에는 작가가 일본에서
해방전에 발표한 작품+평과 조국해방전쟁 종군기 「바다
가 보인다」의 번역이 실려있다. (내용일부 ……. 「빛
속으로光の中に」「풀이 깊다草深し」「우두머리 일가親方一
族」「토성랑土城郭」「기자림箕子林」「바다가 보인다海が
見える」 300원31)

---

30) 한국어 시로 원문 그대로 표기함.
31) 한국어 안내문으로 원문 그대로 표기함.

[투고작품]

월급날

김학렬

여동생이 부탁했다
어머니는 반대했다
지금까지 그렇게 들떠있던
여동생은 갑자기 풀이 죽었다

피땀으로 스며있는 급료에 바라던 것이
광적으로 드레스를 사고 싶었던 것이
배신당한 그 순간
그녀의 세계는 변했다
눈에 눈물을 그렁이며 방에 틀어박혔다

철과 같은 끈기의 조용함이 끊겼다
어머니는 문을 세게 두들겼다
조금 술기운이 있었지만
"봐라 네 돈을 쓰는 건 뼈가 깎일 듯이
몸이 찢어질 듯이 괴로워
제대로 된 옷을 입히고 싶은 마음은 굴뚝같다고"
어머니는 자기 아이의 기쁨과 행복을
언제나 진지하게 생각한다.

"설날은 또 온다 아이가
이 마음을 누가 알아주겠노"
어머니는 혼자서 슬퍼하는 것 같았다
드디어 여동생은 울면서 말했다

"죄송해요
그만 억지를 부리고 말았어요"
장지문 저편에서
모처럼의 월급날의 슬픔이
우리 학교 부르조아의 가슴을 강하게 조여온다.

– 구정을 앞두고 –

야학

후세布施 제4중학교[32] 김중학

나는 일본 말밖에 모른다
내 마음은 쓰고 싶고 배우고 싶은 마음으로 한가득
그러나 나는 하나의 글자밖에 모른다
그것은 아름답고 깨끗한 고향
조선[33]이라는 두 글자

어떤 사람은 조선인 조선인 한다
그러나 나는 부끄럽지 않다
밝고 풍요로운 늠름한
조선의 나라니까

나는 정신없이 선생님과 칠판을 노려본다
그저 배우고 싶다 쓰고 싶다로 한가득
혀를 깨물 정도로 어렵다
이 어려움을
조선인들을 괴롭힌 사람들에게
내동댕이쳐 주고 싶다
어두운 전등 아래에서
가 갸 거 겨를 배운다
빨리 고국의 말을 사용할 수 있도록

---

32) 현 히가시오사카시립東大阪市立 다이헤지중학교太平寺中学校.
33) 원문에 '조선'은 한글임

빨리 조국에 평화가 오도록
문득 조선을 생각하면서
나는 오늘도 연필을 잡는다

[추도]

로젠버그 부부 처형[34] 1주기

우리가 죽어도

에셀 로젠버그

너희들은 알지
알겠지 소년들아 분명 알고 있지
어째서 우리가 노래를 다 부르지 못하고
책을 마저 읽지 못하고 일도 다 끝내지 못한 채
흙덩이 아래 잠자는 것인지

던지지 마라 알겠지 소년들아
이제 던지지 마라
어째서 거짓말과 비방이 만들어지고
어째서 우리가 눈물을 흘리고
고통을 당한 것인지
모두가 알아주겠지

대지는 미소 짓겠지
그래 소년들아 분명 미소 지을 거야

---

34) 1953년 6월 19일 미국인 로젠버그 부부(남편 줄리어스 로젠버그와
　　아내 에셀 로젠버그)가 간첩죄로 사형당한 사건.

우리의 묘지 위에 초록의 풀이 돋고
서로 죽이는 일은 없어지고 세계는 사이좋게 평화로 가득 차
기쁨의 탄성을 올릴 거야

일해서 세워다오 알겠지 소년들이여
반드시 세워다오
사랑과 기쁨과 인간의 존엄과
너희를 위해 알겠지 소년들이여
너희를 위해
끝까지 지켜낸 신념의 기념비를

『끝까지 지켜낸 신념의 기념비를』

　로젠버그 부부의 숭고한 생애가 전기의자 위에서 끝난 지 꼭 1년이 됩니다. 구하려 했지만 구할 수 없었던 그 생명에게 우리는 그 후 어떤 속죄를 했는지요? 다만 ●● ●로 반대한 로젠버그 씨 부부의 죽음의 판결이 너무나도 절실한 문제로 우리 눈앞에 어른거리고 있습니다. 구원하지 못한 사람을 살리는 길은 단 한 가지, 로젠버그 씨 부부의 죽음의 진실을 규명하고 우리 주변을 재확인하는 것입니다. 진심으로 명복을 빌며 일개 학도의 수기를 굳이 보냅니다.

「사랑은 죽음을 넘어」를 읽고

김병국

저는 감격과 흥분과 눈물로 이 책을 읽었습니다. 이 책을 읽기 전까지 로젠버그사건의 내용에 대해서는 아무것도 몰랐습니다. 다만 부부를 함께 사형에 처하다니 정말 미국이라는 나라는 지독하다. 아이젠하워 대통령은 도대체 사람인가?

아마도 부부가 함께 처형되었다는 것은 근대문명사회에 있어서 한 번도 없었을 텐데, 자백도 하지 않았고 증거도 없이 증인이 한 명 있었다는 것만으로 그렇게 한 것입니다. 제가 이렇게 한가롭게 생각하고 있었을 때 로젠버그 부부는 사랑의 힘, 자유의 신념과 위정자에 대한 한없는 증오로 그렇게도 힘찬 투쟁을 하고 있었다는 것을 알았습니다. 책의 끝부분에 있는 것처럼 정부의, 두 사람에 대한 '죽음의 거래'와 용감히 싸우고 거기에 한 치도 굴하지 않은 두 사람.

어지간한 사람이 아니면 견디기 어려운 일이지요. 그것도 완전히 무죄의 신념과 부부애와 미국의 자유를 위해 조금도 굴하지 않았던 것은 아닐까 생각합니다. 세상에 이리도 불행한 사람을 알지 못하고 평범한 인간이면서 이리도 숭고한 인간을 알지 못합니다. 읽는 동안에 저도 모르게 눈물이 납니다. 이 사건을 깊이 생각하지 않은 자신의 어리석음과 두 사람에 대한 전 세계의 구명운동에 아무런 도움을 주지 못했다는 안타까움으로 가득합니다. 억울한 누명으로 죽어 간 두 사람에 대한 존경의 마음과 그들을 전기의자에 앉힌 미국 파시즘에 대한 증오로 제 가슴은 쥐어짜는 듯 했습니다. 두 사람에게 경의를 표하기 위해 네덜란드의 성인이 태어난 아이에게 에셀 줄리어스라고 명명한 것을 알았을 때에는 마음이 녹는 듯한 느낌이 들었습니다. 세상 사람들에게 존경받고 사랑받은 두 사람은 그 점에서는 행복했을 것이라 봅니다. 이것은 파시즘의 희생이 되어 남몰래 죽어간 사람이 수없이 많기 때문입니다. 최근에 자유의 나라 미국도 제국주의국가로 전락했다는 느낌이 들었습니다만 이 책을 읽고 확신했습니다. 두 사람이 '우리는 파시즘의 제일 첫 번째 희생자입니다' 라는 글을 남겼는데 정말 그 말 그대로입니다. 토마스 만도 가고 찰 리 채플린도 가고 또 프로코이에프35)도 그 나라를 떠났습니다. 자유의 나라를 동경해 찾아온 사람들이 지금은 떠나고 있는 것입니다. 미쳐 날뛰는 매카시즘36)에 위협받아 불안으로 인간성을 말살당한 오늘의 미국. 제국주의국가 미국.

여기에 의연이 반항한 두 사람의 죽음을 통한 투쟁이야말로 평화를 위한 투쟁에 찬란한 빛을 던진 것으로 영원히 역사에 남을 것입니다. 특히 감동한 것은 줄리어스 로젠버그는 물론, 에셀 로젠버그의 훌륭한 태도입니다. 여자이지만 훌륭하게 죽어간 것에는 그저 머리가 숙여질 뿐입니다. 예부터 여자는 약한 자, 언제나 배신자라고만 생각하고 있던 저에게는(저뿐만이 아니겠지요) 정말 놀라운 일이었습니다. 죽음의 집에서의 3년간의 고통과 기쁨과 미래에 대한 희망을 유감없이 표현하고 있고 이것이 저를 놀라게 하고 눈물을 흘리게 하는 요인이 되었습니다. 죽음을 앞둔 인간의 소리는 언제나 진실하고 의심할 여지가 없습니다. 어떻게 제

---

35) 세르게이 프로코이에프(Sergei Sergeevich Prokofiev 1891~1953):러시아의 작곡가. 피아니스트 겸 지휘자이기도 하다.
36) 1950년대 미국에서 일어난 반공사상反共思想으로, 위스콘신주 출신의 공화당 상원의원 J.R.매카시의 이름에서 나온 말이다.

가 두 사람의 무고함을 의심할 수 있을까요?

에셀의 고통. 고통. 마음으로부터 나오는 그 고뇌의 외침은 잔다르크의 고통을 능가하는 격렬한 것입니다. 저는 아직 젊은 청년입니다. 문득 이런 생각을 했습니다. 언젠가 나도 결혼한다. 상대는 어떤 사람일까? 에셀과 같은 훌륭한 사람이면 좋겠는데, 곤란에 직면했을 때는 항상 나를 격려해주고 또 나의 애정을 모두 쏟을 만한 가치가 있는 사람이면 좋겠는데, 라는 생각을 했습니다. 제가 있는 돈을 털어산 이 책은 이미 다섯 명에게 눈물을 흘리게 했습니다. 그중 두 명은 여성입니다. 가능한 한 많은 사람이 읽었으면 합니다. 책이 너덜너덜해 질 때까지 읽는 것이 최소한 두 사람에 대한 속죄가 되겠지요. 이 책을 읽은 사람은 단지 눈물을 흘리는 것만으로는 끝나지 않겠지요. 파시즘이란 무엇인가를 알게 되겠지요. 또다시 무고죄로 사형당하는 사람(예컨대 마쓰가와松川사건)이 나오지 않도록 일어나야 합니다. 세계의 평화와 빵과 장미를 위해 일어서야 합니다.

또 어떠한 인생철학서도 능가해 읽는 사람들 마음에 이정도로 삶에 대한 동경을 강하게 호소하는 것은 없습니다. 바르게 살려고 하는 두 사람의 말에 감동을 받지 않는 자는 없습니다.

연구회 통지

오노 도자부로小野十三郎[37] 『현대시수첩現代詩手帖』을 텍스트로 하여 다음과 같이 연구회를 개최하니 많은 분들의 참가를 환영합니다.
일시 : 매주 토요일 오후 7시
장소 : 오이케바시시大池橋市 버스정류장 남쪽방향 샤리사舎利寺 조선소학교 내

편집후기

이제 8호에 이르렀습니다.

잡지의 역사는 편집내용의 질적인 높이와 함께 그 가치를 좌우하는 것이라고 들었습니다만, 그 의미에서도 진달래가 나아가야 할 길은 아직 멉니다. 현 단계의 우리의 모든 것을 이번 호에서 판단해 주셔도 됩니다.

O

이번에는 「특집」을 한 가지로 했습니다.

창간 당시 「건군절 특집」을 기획하여 너무나도 개념적이었던 것에 질렀습니다만, 이번에는 어떨지요? 가능한 한 허세가 없도록 앞으로도 노력해 가겠습니다. 특히 우리 집단의 경우 하나의 주제로 이어진 각각의 각도에서의 채택은 반드시 필요하다고 봅니다.

「특집」이라고 해도 작품 여덟 편에 에세이 비슷한 것이 한 편밖에 없는 다소 초라한 내용입니다. 독자 여러분으로서는 공표된 것을 기준으로 평가하실 것이라 생각합니다만, 앞으로 성장시킨다는 긴 안목으로 그 작가의 선한 의지를 먼저 인정해 주시기를 부탁합니다. 이것은 우리를 너그럽게 봐 달라는 것과는 물론 다르다는 것을 부연해 두겠습니다.

O

덧붙여 우리 회원 동지들에게도 부탁드립니다만, 다음 호

---

37) 본명은 小野藤三郞. 1903- 1996. 시인.

부터는 가능한 한(아니 절대적이라고 해도 될 만큼) 1인 1작
의 방침을 이행해 주셨으면 합니다. 그 호의 내용보다도 편
집자 자신이 페이지 수를 메우는 것에 급급해서는 앞으로의
진달래에 일말의 불안을 느끼지 않을 수 없습니다.

　좋은 작품을 기대한 나머지 아무것도 쓰지 않는다면 너무
염치없는 일 아닐까요?

　수 없이 뿌려진 묘목 중에 몇 그루인가가 좋은 열매를 맺
는 법입니다. 전부가 좋은 열매를 맺기까지는 그만큼 긴 시
간의 배양이 있었음을 잊어서는 안 됩니다. 어쨌든 씨를 뿌
리고 묘목을 길러야 합니다. 우리는 우선 무조건 쓰는 것부
터 시작합시다.

　　　○

　끝으로, 부족한 능력을 지원해 주신 애독자 여러분 및 모든
선배 분들에게 깊이 감사드리며 다음 호부터 박실 군이 편집
장을 맡게 되었습니다. 그의 신선함을 기대하고 싶습니다.

　아울러 이번 호 등사판을 맡아주신 모리森 씨에게 감사의
마음을 표할 길이 없습니다. 모리 씨의 후의로 반드시 좋은
제본이 나올 것으로 믿습니다.

　긴 시간동안 여러 가지로 감사했습니다. (김시종)

오림준[38]씨 시집 제3호 출판

교하마京浜 지방에서 활동하고 있는 시인 오림준씨는 지난 5월에 『오림준 시집 제2호——이향의 벽을 부수는 자異鄕の壁を破るもの——』를 출판하여 호평을 얻었습니다만 이어 이번 시집 제3호 『최후의 암야最後の暗夜に』를 간행했습니다. 여러분의 애독을 바랍니다.

   정가 1부　50엔
   신청할 곳 진달래 편집소

진달래 제8호
1954년 6월 28일 인쇄
1954년 6월 30일 발행
편집책임자 김시종
발행책임자 홍종근
발행소　오사카시 이쿠노구 히가시시바타니東柴谷4-224
     오사카 조선시인집단 진달래 편집소

---

38) 1926-1973. 경상남도 출생. 시인 평론가, 화가. 1930년 부모를 따라 도일. 위의 시집 외에 『조선부락시집朝鮮部落詩集』(1954.8) 등이 있다.

진달래

大阪朝鮮詩人集団

第9号

제 9 호

(1954년)

목 차

- 외국인등록증 훈계 / 홍종근洪宗根
- 파란 수첩 / 방일方一

-구보야마久保山 씨의 죽음을 애도하며-
〈추도시집〉

- 고발1 / 홍종근
     2 / 홍종근
- 지식 / 김시종金時鐘
- 묘비 / 김시종
- 처분법 / 김시종
- 알려지지 않은 죽음 - 남쪽 섬 / 김시종
- 분명히 그런 눈이 있다 / 김시종

〈작품〉

- 음력 8월15일 / 김희구金希球
- 노동가 / 강순희姜順姬
- 오우미견사방적의 여공 / 안휘자安輝子
- 바람과 파도와 발소리 / 부백수夫白水
- 구름 예술 제전에 생각한다 / 김탁촌金啄村
- 반역자 / 김탁촌
- 펜에 기대어 / 한광제韓光濟
- 7월21일 바다에서 / 박실朴實
- 라디오에 부친다 / 정인鄭仁

편집후기

目　　次

외국인등록증 훈계

홍종근

나는 두려워하지 않아
나는 웃어주었지
그깟 개목걸이 따위 가지고 있겠는가
그놈들이 우리를 저주하며
"식충이"라고 유언비어를 퍼뜨려도
파괴분자라고 중상모략해도
나는 벌벌 떨지 않아
성실한 일본 동료들이 말했다
　-너희들은 사양할 필요 없어
　저 녀석들은 우리들의 적이니까
　우리들은 더욱 너희들과 친하게 지내려고
　생각해 사양할 필요 없어
　좀 더 자유롭게 해
나는 감격해서
동료들의 양손을 움켜쥐었지
이 나라의 두툼한 주인들의 손을
국제 프롤레타리아주의를
우리들 조국에도
일본인학교가 있고
새로운 중국에는

조선민족 자치지구가 있으므로
나는 단번에 낙천적으로 되었지
그야 괴롭지
조선인이 필요 없는 일본인 회사이므로
땀범벅이 되어
지난 달은 저기서
이번 달은 여기서
다음 달은 ─어디서 할 건가?
그래도 나는
꿋꿋하게 살아왔지
공화국 공민으로
똑바로 머리를 들고
꿋꿋하게 살아갈 것이요
개목걸이 따위로 위협해도
뒷걸음질 따위는 치지 않아
그것 때문에 삼일 이틀 밤을
차가운 벽을 보며 독방에서 보냈지만
박해하는 자가
멸망하는 것은
역사가 말해주고 있지
진실을 두려워 하는 것은
아침 이슬처럼 덧없는 것

NO××××××××
이것은 내 번호가 아니야
차별어음 번호지
국제자유은행에서만
통하는 대물이기 때문에
나는 받아들이지 않기로 했다
그 대신에
나는 우리들 사이에서 통하는 약속을
나는 요구한다
우리들에게 완전한 직장을
우리들에게 완전한 이주권을
우리들에서 모든 차별을 없애라!
하루라도 쉬면
지장을 받는 생활이라
일한 날만
일당을 받는 것이 아닌가
우리들이 좋아서
찍는 사진이 아니므로
사진 대금도 지급 받아야 하지 않겠는가
나는 두려워하지 않아
진흙투성이라 해도
굶주림의 숲이라 해도

나의 자유는 결박당하지 않아
나는 반드시 날개를 펼쳐 보일 거요
자존심을 지키며 살아갈 거요

파란   수첩

방일

파랗게, 언뜻 보기에 말끔한 수첩이다.
  =갖기도 싫지만,
      또한 갖지 않을 수 도 없다.=
  표지에 구멍이 있어 번호가 보인다.
  4 2 5 7 1 2
  얼마든지 있는 수첩 중에
  6 장도 안 되는 외국인등록증은
  일본어와 영어로 쓰여진 외국을 위한 수첩이다.

꽤 근사한 수첩이다.
  필시 나의 피땀을 빨아
  또한 터무니없이 가치도 있어
  약동하는 생활을 유린해
  젊은 생명의 미소조차 깨부수는
  한마디로 요시다吉田에게 편리한 수첩이다.

뭐든지 다 통하는 수첩이다.
  자전거로 활보할 때에도
  일할 곳을 찾아다닐 때에도
  목욕, 영화, 산책 나갈 때에도

그림자처럼 따라다니는
개목걸이와 같은 역할을 하는 수첩이다.

영화를 싸게 볼 수 있고
세금을 내고
외국도 자유롭게 왕래할 수 있는
외국인으로 대우를 받는
나의 신분증명서가
이 파란 수첩인데…….

하지만
이 수첩은
나를 질식시킨다.
표지를 닮아
나를 한국인으로 만들어
모든 권리를
유린하는 도구는…….

지금
3번째의 교체가
나를 죽음의 도가니로 몰아넣지 않으려고
상상을 초월하는 규모로 행해지고 있다.

날씨가 침울했던 어느 날,
나는 수첩을 들고
창이 붙은 표지를 넘긴다.
나의 사진이 웃고
옛일들이 하나 하나 뇌리를 스친다.

  한 권의 책이
  빨갱이라고
  콧구멍까지 조사당했을 때,

  돈을!
  생활에 허덕이는 어머니가
  곤봉으로 맞았을 때,

  스이타吹田 조차장에
  몸을 던져
  조국을 지켜라! 고 외쳤을 때[1]

  3 9 도 고열의
  아이를 끌어안고 달리는 자동차를
  멈춰! 라고 하고 맞아 죽었을 때,
  밀집한 판자촌이

---

1) 이상의 내용은 스이타사건을 말한다.

히로뽕, 시궁창이라는 이유로
불시에 허를 찔렸을 때,

이 수첩은 엄청 으스댄다.
갖기도 싫고,
갖지 않을 수도 없는
외국인등록증이
악마처럼
내 시야를 메워버린다.

쇠퇴해가는 국가만이 취하는
민족차별, 학대정책이다.
수첩을 교체할 때마다
심해지는 그들의 미친 짓거리
조국 통일을 방해하는 하나의 속셈에 불과하다.

어쩌면 수첩 교체에 정신을 팔게 해
투쟁을 와해시키려는 그들의
음모는 유치하고 교묘하다.
외국인등록법
재산취득령
출입국관리법을

충실하게 지키기 위한 수첩이건만.

나는 그들과 싸운다
토끼처럼 덜덜 떨 필요는 없다.
동무가 사는 곳
반대하는 목소리는 끓어 오른다……
나는 벌떡 일어났다.

파랗고, 언뜻 보기에 말끔한 수첩이다.
  모든 괴로움이 이것에서 온다
  굶주림, 죽음, 무직, 무학, 무권리가.
  6장이 채 안 되는 외국인등록증을
  지금부터는 필요 없다고,
  나는 힘차게 외치고, 수첩을
  휙하고 한쪽으로 치워버렸다.

구보야마2) 씨의 죽음을 애도한다
-두 번 다시 비극을 되풀이하지 마라-

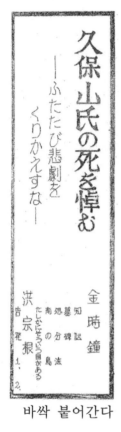

고발

홍종근

1.

나의 시선은 멈추어
일직선으로 흡수되어 간다

오사카大阪역 동쪽입구는
대낮처럼 밝다
매끄러운
대리석의 둥근기둥 표면이
차갑게 빛나고 있다

바싹 붙어간다

---

2) 久保山愛吉(구보야마 아이키치). 고기잡이선원. 시즈오카 야이즈 참치어
선 제5 후쿠류마루 무선통신장. 1954년3월1일 태평양 비키니섬 환초
부근에서 조업 중 미국 수소폭탄 실험으로 "죽음 재"를 뒤집어썼다.
반 년후 피폭에 의한 황달 악화로 9월23일 40세의 나이로 서거. 이
죽음을 계기로 원자수소폭탄금지운동이 고조되었다.

빨간 드레스의 여자
검은 남자의 셔츠
나는 무의식적으로
책을 바꿔든다

23일 오후 6시 56분

난폭한
속보의 문자가
파도처럼 일렁인다

아아……
　마침내 마침내

구보야마씨가 죽었다-

조용히
폭풍우처럼

무선통신장이여
목숨을 걸고 타전한
당신이

고발한 무전은
지금 세계에서
가장
강력한 전파일 것이다

                                    1954년 9월 23일 밤

2.

시체가 타고
남겨진 것이
뼈뿐일까?
재뿐일까?

죽음을 알면서도
죽음은 피할 수 없고
예측하면서도
결과를 알기 위해
인간을
죽이지 않으면 안 되었던
것일까?

방사성원소군의
위력에 관하여

어떤 이는 천연덕스레
과장이라고 한다

직접적인 사인에 아직 집착한다면
불행하게
비키니 환자는 더 있다

그 사람들의 생명에 관하여
보증할 수 있을지 어떨지
유감의 한도를 분명히 해라

진실이라고 주장했던 것을
협박마저 했으나

그럼 다음은
어떤 핑계를
가지고 있다는 것인가

확실히
비밀이 있다
우리들의
생명을 좌우하는
음모가 남겨져 있다

                                    1954년 9월 24일

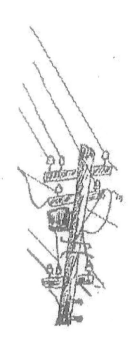

지식

김시종

정상인의 장기라면
간이 천이백 그램이고
그 윤기가 도는 색은 곤약정도의
탄력을 갖는다고 한다.
복수復水는 보통 2리터를 상회하고
비장은 구십 그램 내외지만
정상에 가까운
심장은 자신의 주먹크기.

오줌이 차면
3백cc는 족히 차고
갈빗대가 성글게 보이는 사람이라도
30cc 정도의 흉수는
늑막 근처에 저장할 수가 있고
의식의 한계를 알고 싶다면
뇌의 무게가 143그램까지는
괜찮다는 것.

사물에 어둡고 무지한 내가
보지 않으면 납득되지 않는

구보야마씨의 내장기관에
3분의 1에도 미치지 않는

완전히 위축된 간을 보았으며
두 배 이상이나 부어오른 심장이
백혈구 통제에 실패하여 죽었다고 한다
좌우양심실의 판막의 누런색도 보았으며
똑같이 황색으로 부은 폐장의
크루프성 폐렴의 병소까지 발견하고
혈관에서 터져 나온 혈액이
오줌으로 가득찬 방광까지
흘러나온 것을 끝까지 보고 확인은 했지만

이것으로 정말
납득할 수가 있는 것일까
죽은 사람을 이렇게 난도질해서
아직도 알고 싶은 것이 있는 것일까
비키니재의 256원소가
대단한 위력을 발휘했기 때문이라고
"잘 알겠습니다"라는 듯이 두 손 모아 사죄하는 것이
이것으로 모두가 할 수 있는 일인지 어떤지?
모두가 아니라 이런 내가 할 수 있는 일인지 어떤지?

처음으로 안 인체구조인데
나는 참으로 슬픈 지식을 미리 알아버린 것일테지.

　　　　　　　　　　　　－구보야마씨 서거 첫 날 밤에－

묘비

김시종

구보야마씨의 묘비명은
바위에 새깁시다.
옛날 그 옛날부터 쭉
이 땅에서 난 바위로 합시다.
대리석은 너무 차갑고
화강암은 너무 아름답고
그렇다고 해서 나무는 미덥지 못하고
역시 해안에 부서지는 파도
바닷가 바위에 새깁시다.
언제나 끝없는 이야기가
묘비의 건조함을 윤택하게 하도록
물보라를 높게 솟아 올려
더러운 이 세상을 분노할 수 있도록
파도의 흐름을 정화시킵니다.
결코 처음의 죽음이 아니었다고
30만으로 이어지는 한 사람이었다고
죽는 순간 그 순간까지
원자수소폭탄금지를 외쳤던 사람이었다고
ABCC3)의 수고를 끼치지 않고

---

3) 원폭상해조사 위원회(Atomic Bomb Casualty Commission)는 원자폭

동족이 지켜보는 가운데 죽어 간 사람이었다고
동무들에게 알립시다.
영원히 새겨둡시다.

1954년9월 25일 미명

탄에 의한 상해 실태를 상세히 조사하기 위해 히로시마에 원자폭탄이
투하된 직후 미합중국이 설치한 기관.

처분법

김시종

제방위에서
장례식을 보고 있었다.
백주대낮의 공공연한 학살을
이 두 눈은 똑똑히 보고 있었다.

'출입금지' 푯말에
개새끼 한 마리 근접할 수 없는
이러한 세상이 어느 틈엔가
오사카의 한 구석에 둥지를 틀고 말았다.

쓰레기더미로 메워진 매립지를 파고파서
이천 수백 관이나 되는 엄청난 양을
시바타니柴田 처분장은 처분했다고 하였으나

파묻어 버린 것이
물고기뿐이었다고는
나는 도저히 믿을 수가 없다.

참치가 사람크기만한 것도
놀랄만한 것이었으나

한 구덩이에 처넣어진 채
쓰레기처럼 뭉개지는 데는 깜짝 놀랐다.

나는 이전에도
이와 같은 장례를 알고 있었다.
태워진 시체는 분명히 새까맸는데
시대는 산 채로 살해되어갔다.
　　　　　1954년 6월 6일(『진달래통신』 8호 수록 작품)

-알려지지 않은 죽음 -

남쪽 섬

김시종

피부가 검어서
반점도 눈에는 띄지 않았겠지

머리카락이 꼬불거려서
빠진 머리도 신경 쓰지 않았겠지

오장육부의 위액까지를 토해내고
짓무른 개처럼 죽었다 해도

이들 태양의 자식들은
인간의 죄 때문에 비난 받지는 않았겠지

세상의 이목 밖의
먼 섬의 이름 없는 사람들

누가 이 사람들의 방사능을 측정해 줄 것인가?
누가 이 사람들의 분개를 들어줄 것인가?

대가 없는 몰모트여

정해진 세상에서 기도하지 마라

태고적 같은 조문에
해안에 떠밀려온 물고기의 허연 살이 눈에 아린다.

아아 좁은 지구 한가운데서
아이젠하워4) 덜레스5)

비키니섬은 너무나도 동양에 가깝고
너무나도 미국과 멀다

　　　　　1954년 3월 19일(『진달래통신』 1호 수록 작품)

---

4) 드와이트 D. 아이젠하워(Dwight David Eisenhower, 1890년10월14일
　　- 1969년3월28일) 는 미국 군인, 정치가.
5) 존 포스터 덜레스(John Foster Dulles, 1888년2월25일 - 1959년5월
　　24일) 미국 정치가. 일본과 평화조약이 체결된 1951년9월8일, 동일
　　조인된 일본국과 미합중국간의 안전보장조약의 "낳은 부모"라 여겨
　　진다.

분명히 그런 눈이 있다

김시종

이른 아침
폐쇄된 방에서
접지선을 감았다.

갈 곳 잃은 모기가
얽히고 잉잉거리며
차가운 유리피부로 죽어가는 모습을
나는 성에 찰 때까지 바라보고 있었다.

비참하게 죽어간다.
단말마의 날개를 길게 비틀어서
잉-하니 한 바퀴 돌더니 죽어간다.

밝아온 창문에 분무기를 대고
소인국의 걸리버처럼
나는 나의 방에
서 있었지만,

모기가 떨어질 정도로
세계를 구분지어

줄곧 지켜보고 있는 또 하나의 눈을
나 자신 등에 박은 채
작은 상자 안에서 꼼짝 못하고 있었다.

1954년 9월 16일

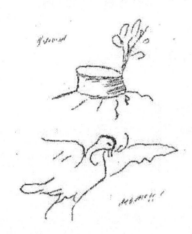

음력 8월15일

김희구

밤 8시 모터스위치를 끈다
하루가 기계의 무거운 고동으로 저물었다
그렇지만 더러운 기름 속에서
오늘의 태양은 태웠다고 생각한다

빈 도시락을 목젖에 대고 한두 번
힘껏 흔들어본다.

역 뒷골목 허름한 술집에서-

술 두 잔에 튀김꼬치 3개

다시 한 번 달님에게 인사한다

음력 8월 15일

밤하늘에는 동그란 어머니의
웃고 있는 하얀 얼굴

어디선가의 개 짖는 소리
끊임없이 짖는다……

이별 몇 년?
  너는 재일조선인 재일조선인

조그만 초가집 램프 빛과
뒷골목 가로등

어디선가 개 짖는 소리
이빨을 드러내며 달려든다……

능력 없는 어리석은 태생인 만큼
조국을 사랑해서는 안 되는 것인가?
아버지를 말할 자격이 없다는 것인가?
어머니의 유방을 찾아서는 안 되는 것인가?

38도선 재일조선인
외국인등록 재일조선인
약소민족 재일조선인
훼방꾼 재일조선인
재일조선인 재일조선인-

뭐든지 좋다 뭐든지 좋아
재일이기에 조국에 매달린다
고향의 말로 살아갈 수 있다
재일이기에……

음력 8월 15일

동무와 친애하는 사람들에게
내일의 강건함과 편안함을 기원하자

어디선가 조용한 개의 한숨소리……

똑바로 구름을 뚫은 시커먼 굴뚝
달빛 숨도 쉬지 않고
아득히 고가선은 달린다

노동의 노래

강순희6)

작렬하는 태양의 열기로
삶아진 잡초 증기가
후덥지근하게 퍼지는 작업장에서
볕에 그을린 얼굴에 비지땀이 흐른다
번질번질 검게 빛나는 얼굴은
하기 싫은 작업으로 일그러진다
무심히 움직이는 손
재봉틀 속을 떠도는 몸
모두 짜여진 기계다.

재봉틀을 노려보며 생각한다
소나기구름처럼 생겨난 수많은 서클로
빛나는 청춘의 가무를
쫓아 모여든 동료들과 함께 나도
건전하게 양육된 어린이를 그리고
평화의 노래를 부르는 할머니를 그리고
즐겁게 춤추는 동료를 그린다

---

6) 작가명 강순희를 목차에서는 姜順姬로 본문에서는 姜順喜로 표기하고
   있으나, 시인 김시종의 아내 강순희의 시라면 姜順喜를 가리키고 있다
   고 본다.

그리고 마침내
아름다운 조국의 산하를 그릴 수 있도록!

모터의 윙윙거림과
재봉틀의 굉음에 지지 않고
졸음을 쫓아내며
외쳐라 '평화'를
　　춤쳐라 '카츄샤'를
노래하라 노동의 노래'를
재봉틀과 모터 반주로
잊을 수 없는 노동의 노래가 울려퍼진다
무심히 움직이는 손은
재봉틀을 떠도는 몸은
인터내셔널을 노래할 줄 아는
나의 몸인 것이다

오우미近江견사방적 여공-

안휘자

몇 번이나
뒤돌아보았다
멀리까지
상사 건물들이 늘어선 도로
오우미 견사방적7) 투쟁본부

머리띠 부대
응원단
여공 하나로 뭉쳐 스크럼을
군중
　나쓰카와夏川8)왕국 타도!
삐라
전국섬유산업노동조합동맹　북은 깃발 붉은 깃발

게재된 요구사항
종교 결혼의 자유

---

7) 1954년 6월 2일부터 9월 16일까지 105일간에 걸쳐서 오우미견사방적
　주식회사(종업원 1만3천명)에서 일어난 노동쟁의.
8) 나쓰카와 가쿠지(夏川嘉久次 1898-1959). 1930년 오우미견사방적 사
　장으로 취임. 전쟁 중에 10대 방적회사로 성장시켰으나 노무관리가 전
　근대적이었기 때문에 1954년 "105일 인권투쟁"이 일어나 다음 해 회
　장에서 물러났다.

이상했던 망설임
이제 더 이상 그럴 수는 없다
억눌려왔던 부조리가
막을 수 없는 출혈을 뿜어내기 시작했다
눈을 크게 떠라
여공들이여
사회 암을 수술하는 자

짊어진 통분의 붉은 깃발 아래서!

바람과 파도와 발소리

부백수

찢어진 장지 틈새로
돌아가신 아버지의 목소리가 들려온다.

어두컴컴한 노무자 합숙소 한쪽 구석에서
이국의 너저분한 천장의 **얼룩**을
차갑게 응시한 채 조그맣게 조그맣게
죽어 간 아버지의 목소리,
어머니가 언제나 입가에 인색한 미소를
떠올렸던 그 모습은,
얼어버릴 것 같은 겨울 밤하늘에
덮쳐오는 거무칙칙한 바람의 신음소리,
네가,
황량한 현해탄의 높은 파도를
분명히 닮아 있다.

쏴- 철썩- 쏴- 철썩-
유랑의 비가를 가슴깊이 새기고
어느 때는 높게-
어느 때는 낮게-
몇 번이고 몇 번이고

안녕 안녕 안녕 하고
손을 흔들며 눈물을 삼켰던
현해탄의 높은 파도,
이국의 한복판에서
얼어붙을 것 같은 추위에 덮쳐오는 거무칙칙한
바람의 신음 소리,
많은 가난한 조선 사람들……
다시 한 번 가슴의 고동을 확인해 봤다.

발소리가 들려온다.
확실히 닮았다.
플랫폼에 있는 혼잡한 사람들 무리,
문득 눈앞에 생전의 어머니가 거닐던 모습,
저고리 치마 그 뒷모습……

아아— 돌아가신 아버지의 목소리가 지금 기쁨으로 빛나며,
아들아! 또 다시 들려온다.
분명히,
바람소리에 파도소리에 발소리에.

어머니의 모습이 선명하게
내 마음 속으로 파고드는,

그 때
나도 모르게 소리친다.
한 계단, 두 계단…… 플랫폼 계단을 내려 간다.
역전 광장을 향해 빛 속으로
아버지와 어머니와 나는 함께 걷고 있다.

1954. 9.25

구름 예술 제전에 생각한다

김탁촌

길게 이어지는 짙푸른 풍만함
그 배경으로 끝없이 펼쳐지는 비구름 속에서
뭉게뭉게 피어오르는 꽃구름이여,
너희들은 그 능란한 예술 제전을
밑 빠진 검푸른 무대에 펼치며
아낌없이 청춘의
아름다움과 재주를 다투며 만들어주는,
모든
사물을 볼 수 있는 생물에게,
사물을 느낄 수 있는 모든 생물에게,

바야흐로 사람은 좋은 사람에게
각각의 무대에서 잠시 멈추어
현대의 거인을 찾아내고는 놀라움으로 소리치며
어릿광대의 뻔한 속임수에 풋하고 웃음을 터뜨린다,
그리고
자신의 마음을 있는 힘껏 내던져
자신도 모르게 아름답게 핀 꽃에게 피씩 웃는다,

하하하하 저기……이봐 관객석 앞에서
덥수룩한 사화산이
묵직하게 자리 잡고앉아
어눌한 나에게 쑥스러워하며 머리를 긁고 있다,

그 산기슭 가까이
강을 따라 좁고 긴 꽃길을
꽃모양의 양산을 빙글빙글 돌리며,
작고 작은 하얀 여자가 지나간다

아아, 어찌하여 이 작은 심장은
전신을 격렬하게 고동치며 우는 것인가?!

갈 수 있다면
날아서라도 저 최고봉까지 가고 싶다,
그리고
이얏 단번에
저 꽃 소나기 구름위에 서서
저들 예술 제전을 위해
낭랑하게 이야기하고 싶다,
8월의 태양처럼
힘찬 빛과 열정의 언어를,

반역자

김탁촌

그는 - 얼마나 작은 존재일까
　　　결코 그것을 바라지는 않았다.

그는 - 사회에 이익일까?
　　　아직까지도 웃음과 기쁨을 아는 것은 아니다

그는 - 항상 어제와 오늘 사이를 오간다
　　　플랑크톤의 얄팍한 마음을 닮아

그는 그
인생의 진창에서
줄곧 부자연스런 땀을 흘렸다

목구멍까지 찢어질듯
하늘을 향해 내 가슴을 치며 외쳤다
(어리석은 것이었을까……
　그렇게 긴 시간을 낭비한 것은?)

그러나 태양은
움츠러들지도 않고서 바다 저편으로 자살한
일곱 색의 광선과 곱게 물든 구름을 품고

뒤에는
달도 보이지 않고 별도 먼
그러한데 그는
역시 가슴을 친다고 한다
역시 소리쳐 외친다고 한다
아침을 향해 살아간다고 한다

펜에 기대어

한광제

나는 한없는 애정을 가지고 펜을 든다
　종이 위에
　　우주라 말하지 않고
　　항성이라 말하지 않고
　　화려하다고 말하지 않고
　　가난이라 말하지 않고

　　　기쁨과
　　　슬픔이라 말하지 않고
　　　있는 그대로의 모든
　　　생각대로
　　　　펜은 종이 위를 달린다
펜촉에서 나오는 푸른 피는
　나의 분노와
　　기쁨도
　　미움도
　　　나뉘어서 종이 위를
　　　　미끄러지듯이 달린다
아아…… 펜

마음과 펜
　펜과 마음이
　　교착한다
마음의 기쁨은 펜으로 나타나고
　마음의 슬픔이 펜으로 나타나서
　　마음의 모든 것이
　　펜으로 통일된다
나는 펜을 한없이
　사랑하는 까닭에
　　펜의 가치가 깊고

　　　내 가슴을 울린다
오늘 밤도 펜을 들어
　고뇌를 종이 위에 나타낸다
　　펜……펜
　　나는 펜을 한없이 사랑한다.

7월 21일 바다에서

박실

바다에 관한 내 지식에는
　성난 파도만이 투영되었지만
눈앞에 펼쳐진 바다는
　얼마나 온화한 약동인가.

짙푸른 파도와 파도가 서로 포옹하며
　파도머리를 하얗게 번뜩이며
구리 빛 피부 남자에게 빨간 수영복 여자에게
　상쾌하게 희롱한다.

마치 지구가 가슴을 흔들며
　쾌청한 날씨를 환호하는 것 같다.
바다내음은 내 마음 구석구석 스며들어
　용기가 솟아나 바다로 몸을 날렸다.

거친 생활을 견디는 사람들에게는
　오늘 한 순간 유쾌하다.
언제까지라도 태양이 그늘지지 않도록
　누구라도 기도하고 있도록―

우리들을 바다로부터 갈라놓는
　폭풍이 언젠가 덮쳐올 것이다.
우리들을 황폐한 생활로 돌려놓는
　그 폭풍이 언젠가 덮쳐올 것이다.

그 때 바다는
　모든 짐승과 같이 포효할 것이다.
화창한 봄날을 맞이하기 위해서는
　이 투쟁이 필요한 것이다-

눈앞에 펼쳐진 바다는
　거짓말처럼 평온하게 약동한다.
그렇지만 그 측정할 수 없는 바닥에는
　견고한 투혼이 비축되어 있다.

라디오에 부친다

정인

조립되어진 생각은
소리도 없이 허물어 무너진다.
한 번 더 조립하는
순간 분해되어 완전히 사라진다.

　벽 저편에서는 가벼운 리듬에
　기분 좋은 휴식을 즐기고 있다.

나는 나는 당황하며
　초초함으로 녹초가 된다.

풍성한 볼륨을 자랑하는 확성기에
불안한 사유가
서로 얽혀 있었다.

눈동자

백우승

살집이 앙상한 어깨가
어릴 적부터의 고투를
생각나게 한다
가늘고 거친 손가락 피부에
계속해서 이어진 노동의 격함이 그리워진다.

애수를 자아낸다
그 얼굴 생김새는
현대의 고뇌 그 자체다
그래도 나는
잃어버리지 않고 있다
언제나 촉촉이 젖은 눈동자에서
무언가를 갈구하고 있다
번뜩이는 섬광을 느낀다
납득하게 해 줄 것이며
간파하지 않을 수 없을 것이다
한줄기
번뜩임을 느낄 수 있을 것이다

그러니까 나는
그 눈동자를
언제까지라도 가만히
지켜보는 것이다

공부실 : 국어공부실(3)

[투고작품]

나의 작은 가슴[9]

김수

이국 하늘아래 민고의 부르짖음
　나의 작음 가슴 속에
　　뜻깊은 인상을 밝혀주었다

하로의 피로를 가다듬어
　오후 일곱시 교문을 밟았을때
　　나의 작은 가슴 고동을 친다

이 심장이 뛰는 고동
　무엇이의 발동인가 그 "참"은
　　배움이 굼주리는 진리탐구

이 진리탐구의 구명의 길은
　짧은 세시간에 있다고
　　나의 작은 가슴은 외친다

─────────────────

9) 한국어 시로 원문 그대로 표기함.

이 가슴의 외침
　이것이야 말로
　　조국 민족애의 발상이라는 것을

마주막 나의가슴속에
　철같이 뭉쳐있는 것이
　　민고의 부르짖음과 청년뿐

김옥희군, 그대는 훌륭하오!

소학교 6학년 고다마 다다시

김옥희군
그대는 훌륭하오,
동경에서 열렸던 평화 대집회에서,
많은 사람들 앞에서
당당하게 메시지를 읽었다는군
평화를 지키는 전국의 박수가
분명히 내 귀에 들렸다오
그렇다, 평화를 원하는 사람에게
모두에게 이 박수가 들렸을 것이다
일본에도 조선에도 중국에도
소련에도 미국에까지
모두 모두 들리고 있다
그렇지 자네
우리들과 손을
아니 자네들 일본에 있는 조선의 아이들
모두 손을 잡자
그리고 자네들의 학교를 깨부수는 전쟁 따위 앞에서
우리들의 아름다운 우정과 단결의 힘을
보여주자
보게 자네! 그렇지 않은가

자 손을 잡자
자 박수를 치자 만세의 박수를!!

★　★　★　★　★

온치아케보恩智あけぼ 소년 어린이회로부터 샤리사舎利寺 조선소학교의 아동에게 보내온 아름다운 우정의 한편입니다. 이것뿐만 아니라 평소 서로 문서를 교환하거나 모임을 개최하거나 서로 방문하거나 하면서 평화적인 견문을 넓혀가고 있습니다. 최근에는 그 활동도 활발하게 되어 아카메赤目의 흰 매화白梅 어린이회와도 편지를 왕래하여 지난 여름방학에는 아카메로 친선 피크닉을 가서, 주민을 모아 평화 연예회를 개최하였습니다. 더군다나 9월19일에는 아카메赤目의 어린이회와 샤리사 조선소학교 소년단은 기상대 견학까지 행하고 있습니다.

생활단면(일기)

이슬삼

7월×일

저녁 무렵에 들어 드디어 비는 거세게 쏟아진다.

"당신, 가진 돈 쫌 없어? · · · · · · · 5엔 있는데"

일터에서 돌아온 아내는 피곤해서 기력도 없는 목소리이다.

"10엔이라면 있기는 한데"라며, 나는 어제부터 절약해서 남겨뒀을 아이 간식비를 더듬거리며 주머니에서 꺼냈다.

나는 그것을 아내의 발밑에 떨어뜨린다. 아내는 말없이 주워든다. 동시에 희미한 한숨을 내쉬면서 계단을 하나하나 세듯이 내려간다. 마치 음울한 무언극의 순간 같다.

아내가 시장바구니를 들고 돌아와 가족 세 사람이 저녁상 앞에 둘러앉았을 때, 눈앞에는 서글프지만 반찬이라는 이름의 두부 한 모. 그 외에 간장이 있는 것도 아니고, 된장도 없고, 어울리지도 않게 넓은 밥상에 빈약한 그릇 몇 개가 놓여 있을 뿐이다. 이러한 중에도 기뻐하는 것은 아이뿐, "맛있어, 맛있어"라며 에고이즘을 있는 대로 발휘하면서 마치 맛 난 듯이 먹으면서 익숙하지 않은 손놀림으로 순식간에 해 치운다. 결국 우리 두 부부에게는 밥상 위에 올려진 이 두부마저도 장식에 지나지 않는 셈이었다. 그렇다고 해서 한창 자랄 아이의 배를 채우기에 충분한 것도 아니었다.

아내는 먹은 것이 성에 차지 않아 한층 억지를 부리는 아이를 달래면서 거의 바닥이 난 찬밥에 물을 부어 먹이고 있다.

과연 이것이 인간의 생활이라 말할 수 있을까. 살아갈 수단을 모조리 빼앗겨버린 나⋯⋯. 이것이야말로 완전한 절망이라는 것일까. 그렇지만 내가 왜 절망해야 하는가? 누구를 위해서 절망한단 말인가.

보라! 나를 이렇게 속박하고 칭칭 얽어맸던 놈들의 저 자포자기한 추태를. 여명과 함께 사라져야만 하는 운명인 저 귀신들을. 암흑의 궁전으로, 정복자인양 함부로 날뛰고 있는 저 매국노들을.

나는 어떠한 일이 있어도 절망하지 않는다.

7월×일

피부에 닿는 기분 좋은 바람이 뭐라 말할 수 없다. 계속 꾸물거린 장마 때문에 닫아두었던 덧문을 활짝 열고 공기만이라도 하면서 실컷 들여 마셔 본다. "좋아, 내일부터 와 주게" 하며 시원스럽게 선심 쓰는 업주는 없는 것일까라고 당치도 않은 공염불과도 같은 공상도 해 본다. 아-, 마음의 풍요가 필요하다며. 하지만, 너무나 무자비한 세상이기에 그리 간단한 시스템은 돼 주지 않을 듯. 생존경쟁이라는 글귀가 어쩐지 두려워졌다. 어젯밤 나는 아래층 집주인이 장사일로 동료끼리 야비한 저주의 말을 퍼붓기도 하고 서로 멱살잡이를 하면서 새벽녘까지 싸우고 있는 것을 봤던가. 싸움의 경위를 들어보니 그 이유가 아무것도 아닌 것에 나 혼자서 킥킥거렸다. 다행히 나의 중재로 화해는 하였으나, 나는 이때, 웃을 처지가 아닌 자신을 응시하고 있었다. 인간 본래의 모습이란 조금 더 청순한 것이었을 텐데 이것은 마치 태어나면서 생존경쟁을 강요당하고 있는 것 같지 않는가.

그럼 이력서 같지 않은 이력서를 손에 들고 나가볼까. 먹기 위해 사는 돼지 같은 생활을 유지하기 위해 강제된 노동시장으로……

7월 ×일

3개월분 방세가 밀려서 방을 비우라고 한다. 하기야 무리도 아니라고 생각하지만 "그래도 기다려줘" 하고 여러모로 궁리하는 시늉도 해본다. 그렇지만 어차피 지금의 능력으로는 어떻게도 되지 않는다. 나는 7백 엔 정도의 집세를 지불했을 뿐인데, 겨우 4장반짜리 1칸을 2천 엔에 다시 빌려주는 꼴이니……. 가난뱅이는 언제나 가난뱅이인, 이 교묘한 사회가 원망스러워진다. 그럼 도대체 어떻게 하면 좋을까.

고생 끝에 이전에 진 빚 1만 엔을 지급한 것이 며칠 전의 일이라 생각했더니, 그 상처가 아물기도 전에 방세 체납. 고작 3개월 체납으로 '나가' 라니, 너무나도 어이없는 한 마디 같다. 이것이 이 세상의 상식이라고는 하지만 잠시 생각하게 된다. 벌거숭이와 다름없는 전당포를 출입하는 생활도 이제 지쳤다. 그리고 비열한 걸식생활의 반복에 몸도 마음도 말라비틀어져 더는 어찌할 바를 몰라 하던 때, 또다시 잠자리 문제가 압박을 해오다니……. 그럼 도대체 어디까지 추락해 갈까.

젊은이여 모두 하이킹 가자

이전부터 하가시오사카東大阪에서는 밤과 낮 모임, 전전
통電電通, 진달래 등의 단체와 서클이 집결하여 한일청년
들의 친선과 교제를 위해 하이킹이 계획되어 있었지만,
이번에는 다음과 같이 결정되었습니다. 많은 분들의 참
가를 환영합니다.

○ 일시와 집합장소 10월 10일 8시30분 덴로쿠天六역10)
○ 행선지　　　　셋츠쿄공원摂津峡公園
○ 회비　　　　　150엔. 도시락 지참
○ 행사　　　　　댄스, 노래, 장기자랑 등

若者よ、こぞって
ハイキングえ

かねてから東大阪では、ひると夜の会、電
通、進달래などの団体、サークルが寄り集ま
って、日朝青年の親善と交歓のために、ハイ
キングが計画されていましたが、この度左の
通り決まりました。皆様の多数の参加を歓迎
いたします。

○日時と集合場所
　十月十日　八時半　天六駅
○行先　　せっつやばけい
○会費　　百五〇円　弁当持参
○行事　　ダンス・歌・かくし芸其他

---

10) 텐진바시스지 6쵸메역天神橋筋六丁目駅은 오사카부大阪府 오사카시大
阪市 덴신바시天神橋 6쵸메丁目에 있는 한큐 전철역이다.

오사카 조선문학 동인회 탄생하다

조선민족의 문학적 전통을 연구하고, 이것을 올바르게
이어받아 발전시키려고 지난 8월 중순 사상, 유파를 뛰
어넘어 11명의 조선청년들이 모여, '오사카 조선문학
동인회' 가 결성되었다.

✧ ✧ ✧ ✧ ✧ ✧ ✧ ✧ ✧ ✧ ✧ ✧ ✧ ✧ ✧ ✧ ✧ ✧ ✧

국어연구회 알림

진달래와 오사카 조선문학 동인회에서는 합동으로 매주
목요일 오후 7시 반부터 미유키모리御幸森 소학교에서 국
어연구회를 열고 있습니다. 아무나 자유롭게 참가할 수
있습니다.

大阪朝鮮文学
同人会うまる

朝鮮民族の文学的伝統を研究し、これを正し
く受けついて発展させようと、去る八月中旬
思想・流派をこえて十一名の朝鮮青年が集ま
り、「大阪朝鮮文学同人会」が結成された。

国語研究会のお知らせ

進達らと大阪朝鮮文学同人会では、合同で、
毎週木曜日の午后七時半から、御幸森朝鮮小
学校で、国語研究会を開いています。どなた
でも自由に参加できます。

편집후기

▷ - 태풍이 지나가고 진달래는 나온다 - 태풍이 연이어 일본 국토를 휩쓸고 지나갔습니다만, 오사카는 그다지 피해도 없고 불행 중 다행, 덕분에 오랫동안 잠자고 있던 진달래도 잠에서 깨어 갑절의 움직임을 보이는 것 같습니다.

▷ - 그러나 태풍보다도 흉폭한 우리들 생활의 모든 분야를 파헤쳐 무너뜨리고 있는 폭풍은 점점 더 거세져가고 있습니다. 이러한 사정을 반영하여 본 호에는 제일 먼저 외국인등록증 갱신에 분노를 담은 작품을 3편 투고 받았습니다. 조금이라도 독자의 기대에 응할 수 있었던 것은 아니었나 하고 조심스레 살피고 있습니다.

▷ - 구보야마씨 서거뉴스는 정말로 슬픈 소식이었습니다. 구보야마씨의 영혼 앞에 우리들은 무엇을 맹세해야만 하는가, 단지 분노와 눈물로 가슴이 미어져 오는 게 있습니다. 여기에 조촐하지만 홍종근군과 김시종군이 추모시집을 만들었습니다. 삼가 구보야마씨의 영전에 바칩니다.

▷ - 오사카에 있는 문학운동이 발전을 계속하고 있는 것은 작렬하는 대지에 부는 청량한 바람과도 같아, 마음 든든합니다. 지난 번 탄생한 오사카 조선문학 동인회도 좋고, 낮과 밤 회도 좋고, 우리들 동무들은 더욱 더 늘어났습니다. 우리들은 이 모든 서클과의 우정을 단단히 하도록 노력합시다.

진달래 제9호

1954년9월30일 인쇄

1954년10월1일 발행

발행책임자 홍종근

편집책임자 박실

발행소 오사카시大阪市 이쿠노구生野区 히가시

모모다니東桃谷 4-224

오사카조선시인집단 진달래 편집소

본 호 정가 20엔

진 달 래 第九号

一九五四年九月三〇日 印刷

一九五四年十月 一日 発行

発行責任者 洪宗根

編纂責任者 朴 実

発行所 大阪市生野区東桃谷四ノ二四

大阪朝鮮詩人集団 진달래編纂所

本号頒価 二〇円

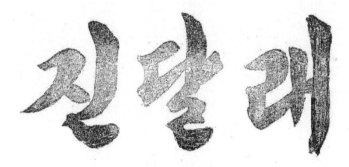

大阪朝鮮詩人集団

第 ○ 号

10号

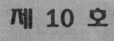

제 10 호

(1954년)

목 차

신 회원 환영

투고환영
정례연구회

==日　　次==

ヂンダレ 1954　第10号

증오와 분노와 웃음과

김탁촌

우홋,
우홋후, 우홋,
푸홋, 우풋홋,
우풋, 아핫,
우아핫핫핫,
핫핫핫핫,
우아핫핫핫핫핫핫,
봐라!
돈다발로 만들어진
외국에서 돌아온
뉴 젠틀맨
그 녀석
얼굴의
혈색이 안 좋아 진 것을

푸홋,
우홋, 우아핫핫,
앗핫핫핫핫핫핫,
올라오네 올라오네
그놈의 얼굴을

할퀴어 쥐어뜯으며,
완전한
병신들이
영차, 영차,
돈다발 메고
올라오네 올라오네
어머 어머, 어머나 어머나
아첨의 눈알을
빙빙 잘도 돌리는 것 봐봐,

우훗훗훗훗
우핫핫핫핫핫
좋아 좋아
이놈은 진짜 잘났다
희극으로 말하자면 너무 잘 만들어졌다고 할까,

　　　　……하지만
　　　　　　잠시만
　　　　　　　　기다려봐……
희극 무대 뒤에는
비극의 얼굴이 보인다 하지 않나……,
여보게! 친구

바쁜데 미안하지만
다시 한 번 여기 들려주게,

　　　　　　　　요시다 내각 붕괴의 날에

어?

김시종

너는 산타를 기다렸는가,
밤새도록 빌고, 밤새도록 간절히 바라고,
뭔가 두고 간 것이 있는지? 없는
지?

어?
 불쌍하게도 눈이 부었네,
 좋든 싫든 공장에는 가지 않으면 안
 된다.

올해 이브는 '올나이트'라며,
호화스럽네, 그래서 밤새 춤춘 거구나.
동행 한 부인 아마 즐거워했겠지

어?
 마누라 따위와는 가지 않을 거라구?
흥흥-, 마누라 울리며 울리며 올나이트
 네,

예수님, 마음이 많이 넓어졌네.

'춤추는 발소리' 도 성가의 하나,
나체의 미인이 복음의 사도,

어?
 그 정도는 말할 수 있지 않나?
 그건 그렇겠지, 민주주의의 상징
 인걸!

오늘은 크리스마스이브, 춤춰요, 춤춰요,
크리스마스 선물은 키스로 할까,
거리낌 없는 에로의 하루

어?
 "저희 딸 아직 안 돌아왔어요."
 "걱정 마세요,
 어딘가의 호텔에서 무사태평일겁니다."

                                        (1951년 시고詩稿에서)

미소짓고 싶다

원춘식

오늘도 지칠 대로 지친 몸으로
겨우 집에 도착한다
 "어머나 아들" (아 내 아들아)
어머니가 벌떡 일어나
양손을 뻗는다.
어떻게든 미소를 보여주고 싶었지만
피곤함이 방해하고 있다.
 ―가슴 속에
  소중하게 담아둔 동굴이
  언젠가는 폭발할거다―
그 예감이 목 어딘가에서
마른침을 삼킨다.
그 순간
불안과 공포가
지칠 대로 지친 몸을
머리끝부터 내장을 찢고
발끝까지 차갑게
경직되는 것을 느낀다.

내 미소를 좋아하는 어머니께

미소조차 보여줄 수 없다.
내가 말하는 것을 좋아하는 어머니께
다정한 말조차 걸어 줄 수가 없다.
내 응석을 기뻐하는 어머니께
응석조차도 부려드리지 못한다.
-하지만 어머니
　제 미소가, 말이, 응석이
　지금 이 순간에는 없어도
　저는 어머니를 사랑합니다-

(근무에서 돌아와서-퇴원 후 20일)

연말풍경

권경택

로터리 모래먼지 속에서
동포부인이 나왔다
장바구니를 들고
느긋하게 천천히 걷고 있지만
입술에 생기가 없다
옷을 잔뜩 껴입고 매우 추운 듯한 눈빛으로
무언가 진지하게 생각하며
인사를 건네는 나를 알아채지 못 한다
오른손을 구부리고
손바닥을 바라보며 엄지를 접고 있다
보고 있자니
걸음이 느려지며 중지를 접고
세 개의 손가락을 접지 않은 상태로
어떻게 할지 고민에 빠진 듯
시장 구석에 멈춰서있다.

바겐세일 깃발은 바람에 흔들리고
아이들은 광장에서 연을 날리고 있다
일본에서 산지 몇 해째 하늘이던가
또 하나 흔들리며 쭉쭉 올라간다.

잊을 수 없는 11월15일

송재랑

그래도 희망을 안고, 문을 뚫고 나간
나인데. -

큰 타격을 입은 듯 슬픔을 안고 다시
같은 문을 나온 나에게 바람은 뭐라 인사했을
까? -

  "더 이상 목소리가 좋아진다고는 보증할
  수 없습니다······"

가볍게 던진 의사의 말이 내
심장을 두드렸을 때.

너무도 큰 충격에 아팠던 목은
아무 말도 할 수조차 없었다.

터벅터벅 참담한 걸음으로
어두운 집으로 가는 골목길에 다다른 내 머리 속에

  "이젠 안 돼! 역시 안 되는 것이었어." 라는

외침이 깨질 듯 머릿속에서 맴 돈다.

울어도 목소리가 나오는 것도 아니고 웃는다 해도
마음이 홀가분해지는 것도 아니고

로봇같은 재랑이가 있을 뿐인데.

시력을 잃고 손으로 더듬듯
　"이건가 저건가"라고······.

에이! 점점 나는 무위도식이 되어갈 뿐!

재랑아! 다시 말하지만 11월 15일을, 잊
어서는 안 된다

쓰러져도 차여도, 인간답게 일할 수 없는
로봇으로 태어난 기념일
임을─

-러시아 대 10월 사회주의혁명기념일 전야-

강철은 어떻게 단련되었는가

백우승

강철은 어떻게 단련되었는가?
그것은 연약함을 그대로 영속시키지 않으려
　　　했기에
그것은 가냘픈 전기도가니가 아니라
　　　열화가 소용돌이치는 용광로에 들어갔으니
그것은 반항하는 체내의 모순들을 완전히 태워
　　　버렸기에
그것은 끓는 듯한 작열하는 격류가
　　　되었기에
그것은 무른 납 위가 아니라 견고한
　　　모루 위였기에
그것은 망치의 난타에 저항하고 또한
　　　물리쳤기에
그리고 그것은
　　　인간의 가장 깊은 사랑을 받았기 때문
　　　이었다.
아직도 연약한 강철이여!
작열한 불길을 두려워하지 마라!

망치의 난타 질을 되받아 쳐라!
모루와 하나가 되어라!

인민들로 하여금
풀무의 손잡이에 힘을 불어넣게 하자!
작열하는 불길을 부르자
폭풍우를 일으키자!

결별의 저편

정인

기차는,
유랑의 정신이다.

매연이 낮게 깔린 근대도시
길모퉁이에는
줏대 없는 사람들의 꿈이 떨어져 있다.

술집 한구석에서
유리알 같은 사랑이 튕겨나가고
일곱 색깔 무지개가 사라진다.

빨갛게 물든 어느 거리
나는 여자의 무릎에 기대어
새하얀 두 철로위에서
기차에서 흐르는 아나운서의 목소리를 들었다.

나는 올빼미처럼
자랑스러운 듯 슬픈 듯
꿈을 게걸스럽게 먹었다.

집요한 목소리여

아 하지만 지금

긴 밤의 고독이
서서히 싹트고
불안한 듯 새벽 발소리를 듣는다

졸음에 지친 내 눈에도
새벽은 분명 장밋빛이다.

1954년 12월 5일

계수관

권경택

번화가 네온은
낮은 하늘을 노랗게 물들이고
저주는 나의 배를 검게 한다

방사능은 피를 만드는 기능을 파괴하고
용수철처럼 잘 휘어지던 근육도
살아있는 채 썩게 했다

뼛속에 달라붙은
방사능의 동태를 정밀하게 예측했다고
하지만 예측할 수 없는 것이 있다
육신의 통증으로 몸부림치는 고통이다.
뼈가 쑤셔 몸부림치며 뒹구는 절망의 고민이다.
눈을 부릅떠라
빨갛게 빛나는 한 점의 별을 응시하자.

구보야마씨에게

권동택

드디어······
와서는 안 될 그날이 왔다
우리들의 바람도 결국 헛되고
당신은 잿빛 통증에 번민하고
경직된 표정과 일그러진 자태를 남기며
영면하셨다
거리에는 호외가 우수수 날리고
스즈ꜱ すず부인의 목매단 사진이
젖어있는 도로에 찰싹 달라붙어 있다
  '슬픔에 목맨 것은
가을 벼이삭에게 맡겨둡시다' 라고
나는 굳이 그렇게 말하고 싶다

단 한줌의 기왓장에도 못 미치는
재로 인해
구보야마久保山씨는 이루지 못한 바다 꿈속으로
조용히 잠들듯이
돌아가셨다
앞으로 얼마나 더 많은 목숨이 빼앗기고
얼마나 더 많은 눈물이 흐를까

불끈 주먹이 쥐어 지는 것을
막을 방도가 없다

당신은 어둡고 작은 무덤 속으로
스즈부인과 사랑하는 자식의 손에
외롭게 묻혔지만······
당신의 노호는 묘석 선을 쭉
뻗어 올라
오늘도 맑은 이 하늘에
불꽃놀이처럼 작열할 것이다!······

당신의 죽음이 당신의 무덤처럼 작지만
세상 하늘 가득 알려진 죽음임을
우리들은 잊을 수 없습니다
당신을 죽음으로 내몬 자들에 대한
항변과 노호는 하늘에 이르러
세상의 나무를 뒤흔들고
세상의 바다를 하나의 색으로
물들일 것입니다

태평양 물마루처럼 성난
외침은
오늘도 미국의 해변에 비수를 올리고

첨벙첨벙 부딪칩니다.

[느낀 그대로의 기록]

진달래의 밤

조영자

처음에 '속기速記'라는 인연으로 내가 참가하게 된 '진달래의 밤'은 나를 얼마나 경악시켰던지…… 미래에 대한 정신과 예술에 대한 봉사, 특히 문학은 종교적인 의의를 띠고 신적인 의무를 부과하지 않으면 안 된다는 것은 여태껏 많이 들어본 말이었다. 그리고 시대를 구한 힘을 가진 예술에의 저 라익스넬의 요망에는 세상 사람들도 관심을 가졌을 것이다.

평화에 익숙해져 자만하던 시대에는 아마 더할 나위 없이 아름다운 찬가, 더할 나위 없이 아름답고 맑은 노래와 더할 나위 없는 여운이 남는 낭송에도 힘이 미치지 못했을 것이다. 거기에는 다른 조건이 더해지지 않으면 안 된다. 그것은 시대가 그것을 받아들일 수 있을 정도로 성숙해야하며, 청자도 화자도 하나의 마음으로 연결시키는 경건한 심정이 가장 힘차게 생겨나는 것은 사람들의 마음이 통절하게 인식된 위기에 의한 것이다. 또 공통적으로 큰 어려움을 짊어진, 가엾고 큰 운명적 사건에 의해 깜짝 놀라 꿈 깨 서로가 집합하는 그 때이다. 모두의 마음이 자신의 갱신을 결의하는 그 때이다.

그 때야말로 겁에 질려 떨던 국민은 시인들의 노래에 매달려 충언을 구할 것이다. 그 때야 말로 '시'라는 것은 금석의 울림을 가해 마음의 위안으로 입에서 입으로 전해질 것이다. 그 때야 말로 시인의 운명은 정신의 소리에 따라 새롭게 살아있는 말을 직접 일반대중의 생활에 접촉시킬 수 있는 의무가 있는 것이다. 여기에 모여계신 여러분들도 언젠가 대중 앞에 서지 말란 법은 없다.

그러니 저는 이 '진달래의 밤' 집회를 더욱 발전시켜 앞으로 조국조선을 위해 큰 활약을 해 주실 것이라 확신하며 저의 변변치 못한 감상문을 마치겠다.

[투고 작품]

망향

박상홍

멀고먼 어린 시절
자라온 저 산, 저 강이-
그의 얼굴, 그의 눈이-
아! 지금은 추억속의 타향의 눈물인가.

×

무엇을 이루었는가, 그 후의 세월,
무엇을 생각했는가 그 후에는,
사상은 낡은 나라의 역사를 통해
생각은 3.8선상에서 헤매는가.

×

친구여!
발은 상처입어 고통 받고 가슴은 혼란스럽
겠지만
너이기에 나는 쉬지 않고
친구이기에 오늘도 계속,
어두운 현세를 조금 살핀다.

갖고 싶은 것(즉흥시)

김무칠

피와 땀의 결정
너무도 가난한 피와 땀의 결정
아침에 별을 머리에 이고 나와
밤에 별을 바라보며 돌아가며 말하기를
왜 이리 가난한가
이 피와 땀의 결정

장맛비는 찢어진 구두를 두드리고,
차디찬 하늘의 냉기는,
내 마음에,
가을 서릿발의 스산함을 느끼게 한다. 하지만
성길사한成吉思汗[1]의 용맹과,
구비라이クビライ[2]의 저돌,
젊은이들에게,
희망이 있다는 것은 좋은 것.

인생의 장맛비는 언제나 내리겠지만,
장마가 그치지 않을 리 없으니,

---

1) 중국 원나라 태조.
2) 몽골제국 제5대 황제.

그저, 천지광광경天地廣〃怪.

이 모든 것이 하늘과 땅의 이치이니.

천지성생天地成生의 옛 부터

살아있는 것은 살고 그리고 죽어간다.

만물유전萬物流轉3)하고 영겁회귀永劫回歸4).

바카리5)의 환희와 울림은,

지금도 여전히 우리와 함께 있나니.

기증시지『낮과 밤』

착실한 걸음을 내딛고 있는 '낮과 밤의 모임'에 진심으로 경의를 표합니다. 9호가 몹시 기다려집니다. 우리들은 단순한 서클에 불과하지만, 그러나 사회를 변혁할 하나의 힘이 된 것만은 분명하다고 생각합니다. 앞으로도 시를 통해 친밀해지고 좋은 의미의 라이벌로 서로 힘냅시다.

---

3) 세상 만물은 물 흐르듯이 흘러가며 끊임없이 변한다.
4) 영원한 시간은 원형(圓形)을 이루고, 그 안에서 우주와 인생은 영원히 되풀이된다는 사상이다.
5) 석가의 제자로 전염병에 걸려 고통을 참을 길 없어 스스로 목숨을 끊었다.

[도서안내]
『새로운 조선어 학습』

이번에 학우서방에서 간행된 『새로운 조선어 학습』(송지학宋枝學, 가지이 노보루梶井陟 공저)은 한일 양국민의 조선어 연구가가 공저했다는 점만으로도 흥미롭지만, 내용도 종래의 조선어학습서같이 변변치 못한 것이 아닌, 조선어를 하나의 외국어로 받아들이고 있다는 점이 획기적이다. 특히 단어대역집에서는 일본인뿐만 아니라 재일조선인들 중에도 처음 국어를 배우는 사람에게는 참고할 점이 많다. 게다가 발음편, 해석편, 문법편으로 나누어 발음과 문법은 상당히 깊이 다루고 있어 꼭 읽어볼 것을 장려함과 동시에 두 선생님의 노고에 박수를 보내고 싶다. (B6판, 378페이지 가격 380엔, 학우서방学友書房간행)

신입회원소개

▽ **조영자** : 현재 오테마에大手前 단기대학재학
　　　열심히 공부 중으로 큰 활약을 하겠죠!
▽ **김인삼**金仁三 : 현재 샤리사舎利寺 문학서클 소속
　　　활발히 활약 중, 젊음과 열정에 기대
　－ 두 명의 신입 회원에게 박수를 보냅니다.－

[소식]

▽ 김시종

6호에 실린 「남쪽의 섬南の島」이 『죽음의 재死の灰』 시집에 수록되는 동시에 영어로 번역되게 되었습니다. 동일하게 9호에 실린 「묘비墓碑」, 「처분법処分法」이 각각 『새로운 조선新しい朝鮮』, 『문학의 친구文学の友』에 전재(한곳에 발표 했던 글을 다시 다른 곳에 옮기어 실음)되어 현대시로 「밤이여 어서 오라夜よはこよい」가 게재되었습니다. 또한 1월에 『시와 진실詩と真実』에서는 김시종 특집이 만들어지게 되었습니다. —확실한 족적을 기리고 싶습니다.

▽ 부백수夫白水

1월 13일에 결혼. 부인은 반드시 우리들의 좋은 친구가 되겠죠! 다복을 기원합니다.

▽ 이술삼李述三

11월에 장녀를 얻음. 더욱더 좋은 아버지가 되기를 기원합니다.

편집후기

★1954년도 드디어 끝나갑니다. 디플레의 영향 등으로 어두운 새해를 맞이하는 사람들이 너무도 많을 것을 생각하면 문득 슬퍼집니다. 그러나 우리들의 시간은 결코 퇴행하지 않는 다는 것을 확신합시다.

★1954년이라면 좋은 의미로도 나쁜 의미로도 문제가 많았던 해입니다. 비키니 수폭실험, 인도차이나전쟁의 평화적 해결, 오우미近江방직의 인권스트라이크, 구보야마씨의 죽음, 중국홍십자회 대표 이덕전李德全여사의 방일來日, 요시다吉田내각 총사직 등등...... 그렇다 해도 1955년은 우리들에게 있어 가장 좋은 해가 되겠지요.

★우리들의 기관지『진달래』도 여러 문제를 안고 있지만 제10호 발행을 하게 되었습니다. 10호라 해도 보시는 바와 같이 빈약한 내용으로 부끄럽지만, 따뜻한 눈으로 봐 주십시오. 편집도 초자라 정신없습니다. 그래도 우리들은 결코 시를 쓰는 것을 잊지 않겠죠.

★8호, 9호의 수폭특집은 여러 반향을 일으키고, 특히 김시종 동무의 시『죽음의 재』시집이『새로운 조선』외에도 게재되며 다양한 문제를 드러내고 있는 것은 우리들 회원일동의 기쁨이어 자랑스럽게 생각하고 있습니다.
　한층 더 발전하기를 기대하고 있습니다.

★회원 모두는 언제라도『진달래』를 낼 수 있도록 작품 준

비를 해 주셨으면 합니다. 그리고 연구회 사업을 착실히 해
가고 싶습니다.

(정인)

~~~~~~~~~~~~~~~~~~~~~~~~~~~~~~

조선 문학회 오사카지부에서는 전부터 모두가 가볍게 모일
수 있는 장소가 있었으면 이라는 의견이 있었지만 이번에
구체화하게 되었다.

문학의 집 설립!!

1955년 3월중에 설립예정인 문학의 집이 설립되면 오사카
명물이 하나 늘어나게 된다.

기대와 협력을 바란다!!

~~~~~~~~~~~~~~~~~~~~~~~~~~~~~~

신 회원 환영

시를 사랑하는
로맨티스트여 모여라!!
시를 사랑하는
리얼리스트여 모여라!!
같이 이야기하고,
같이 놉시다.
같이 풍요로운
생활을 만들어갑시다.
회비 1개월 50엔
연락처 : 오사카시 이쿠노쿠生野区 히가시모모타니초東桃谷
町 4가 224번지
오사카 조선시인집단 사무소

투고환영

○ 시 · 평론 · 비평 · 보고문학을 모집합니다.

○ 400자 원고용지 사용 4매까지

○ 매달 말일까지

○ 서체는 정확 정중하게

○ 원고는 일절 반환하지 않습니다.

○ 보내주실 곳은 당 편집소 앞

정례연구회

하나. 작품합평

하나. 시어, 그 외

　　　　매주 월요일 오후 7시에 시인집단사무소

진달래 제10호

　　1954년 12월20일 인쇄

　　1954년 12월25일 발행

　　발행책임자 홍종근洪宗根

　　편집책임자 정인

　　발행소 오사카시 이쿠노쿠 히가시모모타니초 4가 224번지

　　정가 20엔

　　오사카 조선시인집단

復刻版 ヂンダレ・カリオン 全3巻・別冊

2008年11月25日発行

揃定価（本体36,000円＋税）

発行者　船橋　治

発行所　不二出版㈱

東京都文京区向丘1-2-12

☎03(3812)4433

印刷所　三進社

製本所　青木製本

中性紙使用

乱丁・落丁はお取り替えいたします。

ISBN978-4-8350-6269-3（全4冊 分売不可 セットコード ISBN978-4-8350-6268-6）

第11号

진달래

大阪朝鮮詩人集団機関誌

11

誕生二周年記念号

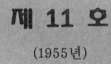

제 11 호

(1955년)

목 차

탄생 2주년 기념을 맞아 / 오사카 조선시인 집단
조일朝日우호를 위하여『진달래』발간 2주년 기념에 부쳐 /
-낮과 밤의 모임-

- 어머니에게 / 강청자康淸子
- 사과 / 이정자李靜子
- 천정 / 이정자
- 벗이여 / 백우승白佑勝
- 불안 / 홍종근洪宗根
- 타향으로의 출항 / 소일로邵一路

아동작품란
르포

- 오타니大谷 정공을 방문하여 /
  샤리舍利 조선초등학교 6학년 김옥희金玉姬
- 샤리사舍利寺조선초등학교에 간 날 /
  6학년 고다마 다다시児玉忠志
- 함께 걷는 전차길 / 후지타 야스스케藤田靖介
  즐거웠던 하루 / 6학년 이소야마 타케시磯山たけし

편집 후기

＝目　次＝

[탄생 2주년 기념을 맞이하여]

오사카 조선 시인집단

　최근 2년간『진달래』는 오사카大阪에서 조선인 '시 서클'의 유일한 존재로 귀중한 경험을 해왔다. 모든 사람들의 살아있는 소리의 집적소로 출발한『진달래』가 자칫 소멸될 뻔했던 노래를 쉬지 않고 계속 불러왔다는 사실은 2주년을 맞이하면서 가장 기쁜 일이다.『진달래』를 여기까지 키워온 것은 회원 여러분의 노력도 노력이지만 독자를 중심으로 한 동포 대중의 깊은 지지와 애정에 힘입은 바가 크다고 생각한다. 새삼 깊은 감사의 뜻을 표하고 싶다.『진달래』도 11호라는 지령을 거듭하고 건군절 특집을 엮은 창간호 시절부터 생각해보면 질과 양 모두 내실을 다져온 것이다. 그 가운데에서도 수소폭탄 특집을 엮은 8·9호는 하나의 수확이었고 새로운 시인이 가세하고 있는 것은 우리 집단에게 매우 밝은 희망이다. 반면 회원의 시작품의 불충분함은 집단적인 생활의 결함이 드러난 것이고 이런 점에 대한 극복이『진달래』에게 요구되고 있다. 특히 조선과 일본 양국의 국교정상화가 소리 높여 외쳐지고 있는 오늘날, 앞으로도 우리 집단은 일본인의 문학적인 서클과 긴밀한 교류를 도모하면서 양 민족의 문화 교류를 위하여 노력했으면 한다. 내일부터 또한 2년간 다시 세월을 거듭해 갈 우리 집단이니 동포대중의 기쁨이나 고통과 분노를 노래하는 '시 서클'로 나날이 성장하고 만인의 변함없는 지지와 애정을 바라 마지 않는 바이다.

[조일朝日 우호를 위하여-
『진달래』 발간 2주년 기념에 부쳐-]

낮과 밤의 모임

『진달래』 발간 2주년 기념을 축하합니다.

오사카 조선인 시인집단이 그『진달래』속에 재 오사카 조선인 동포의 고통과 분노를 그대로 포착해서 읊어온 지난 2년간의 노력과 업적에 대해서 「낮과 밤」은 충심어린 인사를 보냅니다. 우리들은 미국의 일부 지배층이 전 세계로부터 승인받은 중국영토의 일부인 대만을 강제 점령하여 다시한번 아시아에서 전쟁의 위기를 조성하려 하는 이 순간 아시아 여러 나라 민족, 특히 조일 양국민의 굳은 단결의 필요성을 느낍니다. 또한 양 민족이 미 제국주의 지배로 야기된 고통을 서로의 단결을 통해 물리치는 것 외에 우리들의 발전의 길은 없다고 생각합니다.

이 역사적인 임무 속에서 우리들의 서클지가 해야 할 역할은, 솔직하게 반성한다면 아직 멀었다고 생각합니다. 「일본의 노랫소리日本のうたごえ」 「관서의 노랫소리関西のうたごえ」 가운데서 여기 섬유 노동자가 "방직 여공은 이젠 울지 않아요"라고 외쳤을 때 얼마나 많은 사람이 감동했습니까? 시의 힘, 민중이 갖는 말의 힘이 그만큼까지 강력한 것임에도 불구하고 우리들의 시 '서클'이 대중의 마음을 장악하는 수준은 아직 요원합니다. '서클 시'가 현대의 민요로도 불릴만한 강력한 역사의 행보 속에 발을 들여 놓은 것을 감안할 때 배전의 노력이 필요하다고 생각됩니다.

함께 힘냅시다.
　조일 양 민족의 우호와 단결 만세!!
　인민의 문화와 행복을 위하여!!

철 지난 무화과 열매

권경택

차마 버릴 수 없는 것을
흔들어 떨어뜨리듯
낙엽이 떨어지고 있다
멈춰 서서
낙엽이 떨어지는 것을 보고 있노라니
이슬비가 내렸다
마지막 잎 새 하나까지
허무하게 떨어져 버리고
하늘은 갑자기 탁 트였다
부채처럼 펼쳐진 나목 가지가지에
점점이 이어진 것은
가을에 익지 않은 무화과 열매다
낙엽과 같은 색깔로 칙칙하게 시들어 버렸다
비를 맞아도 하나도 떨어지지 않는다
주름투성이의 열매는
나목에 끈질기게 매달려 있다
초겨울의 공기는 쌀쌀하고
비는 진눈깨비로 바뀌고 있었다
그래도
철지난 무화과 열매는
하나도 떨어지지 않는다

어머니께

강청자

어머니
서로 헤어지지 않겠다고 하면서
서로의 마음에
상처를 주는 일랑 그만 둡시다.
어머니의 고독은
고통과 눈물이 마를 날이 없는 삶속에서
어머니의 모든 것을 걸고
키워진 나로서는
그 고독을 잘 압니다.
나는 어머니가
어머니의 사랑만으로는
아무 것도 안 된다는 것을
새로운 시대의 흐름이라는 것을
아셨으면 합니다.
나는 생활을 하고 싶습니다
새로운 내일로 향하는 흐름을 좇아
우리들이 꾸려가는 생활을 하고 싶습니다.
슬플 땐 남몰래 홀로 눈물을 훔치고
고단할 때도 꾹 참고 견디며
묵묵히 생활해온 어머니로서는

납득할 수 없겠지만
나는 인생의 기쁨과 고통을 솔직히
그리고 아이들처럼
마음껏 구가하고 싶습니다.

1955년 2월 25일

사 과

이정자

남편이 사다준
사과 2개
둥글고
빨간 사과.

살짝 손바닥으로
둥글게 쓰다듬어 보았다
달아오른 뺨으로
홍색을 대보았다.
껍질을 벗겨버리기에는
아까운 느낌이 든다
   큰 맘 먹고……
새콤달콤한 맛이
눈 속까지 스며든다.

천 정

이정자

병든 몸으로 누워있노라니
천정의 판자 이음새가 선명하다.

태양
구름
푸른 하늘
공기가 약동하는 세계를 가로막는 천정

다타미 6장 넓이의 천정을
올려보고 있자니
몸이 찌부러질듯하여 두렵다.
나는 열로 나른해지면서
꿈쩍 않고 천정을 응시하고 있다.

벗이여

백우승

벗이여
그대의 싸늘하기 짝이 없는 그 작은
손을 내밀어다오
냉혹한 겨울 밤바람에
그대의 손을 드러내놓는 것은
도저히 나로서는
참을 수 없으니

그 손을 얼리면
내일의 노동에 지장이 있으리라
미래는 청년의 것이라고 하는데
그것을 창조하는 데에도 애를 먹으리라
그러므로 벗이여
그대의 차디찬 그 작은
손을
그대의 입김만으로 덥히려하지 말고
제발 나에게 내밀어 주시게

그대를 사랑하는 나의
뜨거운 맘으로
틀림없이 따스하게 해줄터이니   12.25

불 안

홍종근

밤
거리는 깊은 잠에 빠져 들어 있었다.
습관대로
뒷골목은 불빛을 끄고
큰 거리는
비처럼 쏟아지는 빛에 휩싸이고 있었다.
전류만이
생물처럼
끊임없이 소리를 내며 활동하고 있었다.

아무도 없다-.

초밥집.
선술집.
파칭코점.
모두 닫혀있다.

노코멘트하는 거리의 표정.

하지만
역시 있었다……
10년이나
이 나라에
서식해온
살아 있는 자가 떡 버티고 있었다.
챙이 넓은 검은 모자에
눈만이 번득이는
깊게 놀러 쓴 복면의 남자가
권총 겨누기를 흉내내며
거리의 밤을 응시하고 있다…….

익숙한 그 포즈 속에
묘한 불안을 느끼며
나는
영화관을 왼쪽으로 돌았다.

1953.2.28

타향으로 떠나는 출항

소일로

그것은 추억 속의 환영
고국을 떠나 일본으로 가는 배
역시 아오하코[1]青函 연락선의 배 안

만감이 교차한다
아버지에 이끌려
주뼛거리면서도 신기한 듯
사람의 무리를 보고 바다를 보고 있었다

배 멀미가 나고 미지의 세계에
갈팡질팡하며 망설이고 있다
유년의 혼
이것이 방랑의 출항이었다
타국의 바람을 맞아
조국과 고향과의 결별인가

---

1) *아오모리青森와 하코다테函館 간 연락선

『이국기』에서

이구삼

　마을길에서 우측으로 꺾어서 가르쳐준 대로 몇 번이나 굽이돌아 안쪽으로 한참을 들어가니 丁자형으로 된 막다른 골목의 왼쪽 모퉁이가 동포의 집이었다. 시골에서 자주 말하는 '방치된 헛간' 이란 것은 바로 이것을 일컫는 것일까? 밤눈에도 확실히 알 수 있는 황폐한 집이었다.

　모국어로 안내를 요구하자 60쯤 되어 보이는 노인이 인정 넘치는 듯한 경상도 특유의 사투리로 "누고? 누궁교?"라고 대답하면서 얼굴을 들고 있었다. 나는 약간의 시간의 엇갈림으로 만나기로 했던 친구일행을 놓치는 바람에 늦게 y군의 집을 방문하여 여기까지 왔노라고 대충 말하자 그는 그 자리에서 모든 상황을 납득한듯 끄덕이면서 "올라와서 차 한 잔 하이소, 곧 아들놈이 돌아올끼니까."라며 매우 친절하게 말을 걸어오는 것이었다.

　판에 박은 듯한 자기소개를 하자 화제는 자연스럽게 생활의 문제로 접어들었다.

　주름이 깊은 얼굴을 한 박상갑 노인은 우연히 맞닥뜨린 청년을 맞아 더없이 기뻐하고 있는 것 같았다. 그가 하는 말의 하나하나가 청년 같은 젊음을 잃지 않고 있는 점에서부터도 그 충분함이 있었다. 방은 어둑어둑하고 장지문은 대부분이 구멍투성이이다. 2채 정도 깔려 있는 이불에는 너덧 명 정도의 아이들이 뒤엉켜 자고 있고 여기저기 마구 벗어 놓은 아이들의 옷이 흩어져 있는 정도로 봐서 아이들의 천진난만함도 상상할 수 있을 것 같다. 그 장지문이 구멍투성이인 점도 확실히 아이들의 소행임에 틀림없다. 때로 찌든 이불은 누덕누덕 기운 누더기처럼 보였다. 그런데 이 노인의 강직한 웃음이며, 그 젊음은 도대체 어디서 오는 것일까?

"누가 좋아서 이런 이국땅에서"라며 띄엄띄엄 말하는 노인의 말의 이면에는 주름이 깊게 팬 그의 얼굴과도 닮은 중량감이 있었다.

노인은 처음으로 만난 나에 대해 아무런 의심조차 품지 않고 밤을 새워서라도 이야기 하고 싶은 듯, 약간은 그윽한 친숙함으로 10년 지기와 만난 것처럼 이야기에 활기를 띠었다.

"대개는 말이요, 이번의 호소문이라든가 하는 기는 너무 늦은 느낌이 있능기라요. 우쨌든 하루라도 빨리 실현시키지 않으면 안 됩니더. 10년이란 귀중한 세월이 필요 이상으로 날아가버린 뿐 것 같으니 말이라요."

그리고 그 찰나에

"글씨를 못 읽는다고 해서 역사의 흐름을 이해할 수 없는 일 따위는 없는기라요."라는가 싶더니 "지는 글자를 전혀 읽지 못합니더."라며 아이처럼 풀이 죽기도 했다.

이것은 나에 대한 일종의 비하였는지도 모른다. 아니 오히려 비꼰 말이라고 들어두자.

오사카의 한구석에 살고 있어서 좁은 세계밖에는 못보는 나는 이런 벽촌의 시골 후미진 곳에서 일본 농민들과 깊이 뒤섞여 생활하고 있는 한사람의 노인 동포가 조국의 평화적 통일 독립을 일각이 여삼추의 심정으로 갈망하고 있는 것이라는 생각이 미치자 지금까지 해온 적당주의의 행동에 대해 적지 않은 의문을 품지 않을 수가 없었다. 가령 그가 토해내는 한구절한구절이 지나가는 길에서 듣는 평범한 일이라

할지라도 그 말이 갖는 하나하나의 진가를 그 장소에만 국
한된 말로 살짝 바꾸어서 듣는 것은 도저히 용납될 것 같지
않다.

　"어렵겠지만 짬이 있을 때는 놀러와 주이소."
　이별을 아쉬워하는 그 노인의 목소리는 지금은 이미 서먹
서먹하지 않다.
　"네 꼭 오겠습니다. 오고말고요."

　　　　　　　　　　　　　　　　　　　1955.2.23

당신은 이미 나를 조종할 수 없다

김시종

나는 당신의 집요한 애무로부터
벗어나기를 갈망하고 있다.
십년의 기준이 한 옛날이라면
나는 확실히 현재에 살고 있을 터이고
적잖이 어른도 되었을 터이다,
그런데 당신의 그 당치도 않은 포용력은
산도 바다도 안으면서
나만을 거꾸로 안고 놓아주지 않는다.
눈에 띄는 모든 것이 이상하고
작은 돌의 자갈에게까지
나의 정수리는 곧 날카로워져 버린다.
그 어느 것도 믿어서는 안 되는 채로
나는 결국 불균형한 성장을 해버린 것이다.

이 손은 여전히 타인의 따스함을 모르고
얼굴은 변함없이 굳어진 상태이고
눈은 적의를 위해서 존재하는 듯하다,
이대로라면 나는 누군가를 죽이지 않으면
안 될 것이다
나는 너무나도 당신의 사랑으로 독이 지나치게 들었다.

나는 진정으로 당신에게서 벗어나고 싶다.
이 땅을 천천히 양발로 밟고는
산 저편의 물을 마시러 가고 싶은 것이다
그리고, 기도의 대상이기만 했던 깊은 하늘을
콸콸 솟는 샘물 깊은 곳에서 나 자신을 헤아려보고
싶은 것이다,
솔바람은 앉아서 들을 수 있을 터

똑같이 고갯길을 넘어온 사람들에게는
나의 불신도
캐물어지게 될 것이다
그리고 모두 생각하자
소용없어진 애무의 뒤처리를 생각하자

애무의 보복에는 애무가 아니고서는 안 된다
나는 내가 갖고 있는 모든 것으로
당신이 준 것을 되돌려 주겠다,
그리고 그저 당신은 역사상으로만 머물러주길
바란다.
당신은 이미 나를 조정할 수 없다
우리들 마음의 교류에 감찰을 받을 수는 없다.
우리들의 약속에는 이미 당신을 필요로 하지는

않을 것이다
당신은 그저 나의 시 원고에서만 숨을 쉬는 것이
좋을 것이다.
아버지와 아들을 가르고
어머니와 나를 가르고
나와 나를 갈랐다
『38도선』이여
당신을 다만 종이 위의 선으로 돌리고 싶다.

찬란한 아침을 위하여 타올라라 불꽃이여!

김탁촌

상처 난 피부도 노골적인
늠름한 아침 새벽녘,

어둑한 그늘에서
치솟는 분노에
격한 불꽃을 태우면서,

그 불빛 앞에서
어제부터 이어지는 이야기는 계속되고 있다.

과거 그곳에
내가 있었고 당신이 있었다,
바람에 고통을 호소하고
흐르는 강물에게 슬픔을 말하고
겨우 몇 개의 손바닥마저 따스하게 해주는 것은 없는
바라크 속 헛간 한편 구석에 웅크리고 앉아
당신은 나의 무릎을
나는 당신의 소매를
뜨거운 눈물로 적시고 있었다,
어리석게도 기나긴 동안,
나도 당신도 나약했다,

그곳에 지금도
내가 있고 당신이 있다,
하지만 이제
나도 당신도 울지 않는다,
불꽃이 눈물을 불살라 버렸다,
그 불꽃은 햇살보다도
주변을 밝게 비추고
어제부터의 이야기는 계속되고 있다,

그로부터 10년,
모질게 견디며
생명까지 조각한 자가
손에 들고 본 것은 무엇인가!
돈인가? 물질인가?
기쁨인가? 행복인가?
  아니, 아니
그런 것은 아니었다!
  그것은
아아 무시무시하고
완전히 저주스럽게
밀어붙여진
죽음의 심혈로의

어처구니없는 냉정한 티켓이 아니었던가!

아아 이 나라에는
어두운 보복이 너무나 많다,
슬픈 이야기로 넘쳐날 뿐,
이대로는
나도 당신도
압살당하고 만다,
말라 죽고 만다,

보리도 먹자
풀을 먹는 동물처럼 그것도 씹자
나무뿌리를 뽑아 질겅거려보자
나도 당신도 그렇게 생각했다,
나도 당신도 그렇게 살아왔다,
그러나
그놈들은 어땠는가!
뒤통수치는 일밖에 모르지 않았는가,

기나긴 세월,
이 눈은 봤다,(그렇기 때문에 찌르듯 아픈 것이다)
너무나 엉터리로 만들어진

가시철조망 감옥 속에서
포악한 큰 원숭이 작은 원숭이들이
죽음의 상인의 재즈밴드에 맞추어
머리를 흔들고 외치면서
허리를 흔들흔들 춤추면서
이 나라에 사는
인간의 선량함을
전복시킨 눈에 비춰
깔깔 비웃고 있었다.
　'착한 사람'이란 두꺼운 가면을 쓰고
각양각색의 그놈의 깡패들은
따뜻한 방에서 자고
푹 파묻히는 소파에서 쉬며
회심의 미소를 짓고
배터지게 먹고 마시며
돈다발을 저울에 얹고 있었다,
그놈을 보았다,
나도 당신도 두 눈 똑똑히 그것을 보아왔다,

불타 없어져라 불꽃이여!
이 나라의 추한 놈을
남김없이 비춰내라!

전세기前世紀의
그놈들의 꿈
다 태워 버려라!
그들은 신의 자식 인간들이고
　나도 당신도 노예로 상품이지 않으면 안 된다
　그들 모두의
　뭐든 구미에 맞는 대로
　그놈들 전통의 비밀이었다
　요술의 요체를 파헤치자!
　작은 불꽃 약한 불꽃
　큰 불꽃 강한 불꽃
　모두 하나가 되어
　크게 흔들려라!
그 엄청난 위력을 알려주어라!!

　아침이 밝았다,
　타오르는 분노는 크게 흔들린다.
　엄청난 불꽃을 태우면서,

그 불빛 앞에서
어제부터의 이야기는 여전히 계속되고 있다,

허위와 위선의
그놈들의 탑이 무너진다
때가 온다,
나와 당신이
어떻게 죽음의 중압감을 견디고
죽지 않고 살아왔는가,
거친 이 주먹으로
굶어 야윈 이 몸으로
'자 덤벼봐' 라는 저력이 넘치는 싸움.
행복과 환희의 시대로의 대행진

그것이 얼마나
멋진 일이었던가,
그놈들 금세기의 광산 채굴업자 무리가
간이 콩알 만해져서
납득할 때가 온다,
그 때, 그 놈들
무릎을 꿇고 외칠 것이다
단말마의 비명이
지금 반복해서
완전히 숨길 수 없는 그 썩은 몸에서
뚝뚝 떨어진다,

타올라라 불꽃이여!
아침이 왔다!
1955년의 대지 위
나와 당신이 굳건히 손을 잡고
이 양다리로
확실히 힘주어 밟아라 여기에.

1955.1.1

파출부의 노래(1)

원춘식

소위 법률에서는 8시간 노동을 규정하고 있다
혹시 이 세상에 24시간 노동이라는 것이 존재 한다면,
세상에도 이상한 문제로서,
신문제작자는 화려하게 지면을 넘치게 하고,
노동 기준국은 즉시 서류 작성에 착수하여
모든 사람과 사람은 놀람과 슬픔과 분노의 비명을
외쳐댈 것이다!
거참, 거짓은 아니라니까,
이 세상에는 24시간 노동이라는 것이 존재하고 있어,
그러면서도 '이상하지 않은 것'처럼 되어 있기
때문에 이상한 것이다.

24시간 일하고 있는 사람들,
그 사람들을 나는 알고 있다,
그러므로 나는 외치지 않을 수 없다.
그 사람들은 파출부라 불린다.
전쟁미망인이 대부분이고
드물게 남편이 있다고 해도
그건 불구자가 아니면 병자이다.
그들에게는 늙은 사람들이 부양가족으로 있고

적지 않은 아이들을 부양하고 있다.

그리고, 그 사람들은

결핵균, 온갖 균 속에서

죽음과 삶을 다투는 환자들의

귀한 생명을 간호하고 있다.

　24시간= 510엔.

　8시간으로 환산해서 170엔.

　임금은 한 달 늦게 거친 손으로 건네진다.

　생사를 오가는 환자부터 사회 보장비가 중단되는 경우도
있다.

그뿐인가? 정부는 4월부터

"파출부 금지"를 실시한다고 한다.

24시간 노동으로도 부족한 놈들은

환자의 생명을 돌보지 않을 뿐만 아니라

그 사람들의 목까지도 자르려하고 있다.

　며칠이나 며칠이나 자기 집으로 돌아가는 일조차 없이,

　귀여운 자기 집 아이에게 뺨을 비벼댈 수도 없고,

　밑바닥 생활을 계속하는 사람들,

　하지만 귀여운 아이들과 우리 집을 위해서

　귀여운 아이들과도 떨어져있지 않으면 안 되는 사람들.

　삶, 아이들,

　24시간, 결핵균,

파출부 중지,
그리고, 목전에 있는 해고.
모든 불행과, 불안과, 공포 속에서
생명을 걸고 있는 파출부들.

그러나, 그 사람들은
결핵균 속에 24시간 노동에
끊임없이 불안과 공포를 안고 있다.
게다가 심지어
3억8천만엥 예산 삭감에 따른 해고에
격한 분노를 느끼고 있다.
내 집에 들어와
내 자식과 함께 살 수 있기를
간절히 간절히 갈망한다,
그리고 외친다
행복을! 평화를!

24시간 일하고 있는 사람들
그 사람들을 나는 알고 있다,
그러므로 나는 절규하지 않고는 배길 수 없다,
행복을! 평화를!

                                            1955. 2. 15

파출부의 노래(2)

원춘식

그 파출부들 가운데
조선 할머니.
할아버지는 제주도 고향에서 기다리고 있다던데.
외동아들은 전쟁터에 잡혀가 서울에 있다던데.
슬픔이란 슬픔 고생이란 고생을 모두 받아들인다는
그 주름을 푹 뒤집어쓴 얼굴을
기쁨으로 터지게 하며
할머니는 떠들어 대고 있다.
 "아이고 이런 좋은 일이 또 있을까?
  비행기라도 타고 서울에 있는 아들을 만나러 갈 수만
  있다면 얼마나 좋은 일일까?"
슬픔이란 슬픔,
고생이란 고생도
잊어 버렸는가?
가느다란 눈동자를 반짝거리며 빠진 누런 이빨을
싱긋 보이며
조국의 호소문에 답하여 떠들어대고 있다.

1955.1.15.

야영

박실

초겨울 바람이 살가죽을 파고든다.
산도 집들도 아스팔트도
그 옆에 쭉 뻗어있는 철길도
죽음과 적막이 엄습한다.
묘지에 있는 것 같은 착각——
추위와 수마에 끊임없이 위협 받는다.
우울해지는 밤이다.

　졸고 있으면 평화는 쟁취할 수 없다.
　밤을 날려버려야 한다

멀리 개 짖는 소리.
어느 별 위치에선가 폭발음이 하나
낮게 드리워진 비구름처럼 울린다.
나는 문득 농민의 아낙과
낮의 만남을 떠올린다.
'경비대'란 완장이 시선을 끌고 있었다.

　그건 대단했었지
　조선전쟁 때 말야

비행기 소리가
시끄러워서 시끄러워서
마치 우리 땅에서
전쟁이라도 일어난 것 같았지.
밤에도 맘 편히 잘 수 없었단 말야

나는 하염없이 밤하늘을 쳐다본다.
기지의 하늘도
멀리 북녘의 하늘 남쪽의 하늘도
똑같은 색상의 밤하늘인데
지상의 표정은
이렇듯 명암의 둘로 나뉘어 있는 것이다.
얼어붙은 일본의 밤하늘이여.
　덕분에 가을밤 따위는
　뜰 앞의 벌레도
　완전히 숨을 죽이고 말야.
　피로를 풀어주는 아름다운 소리도
　들을 수가 없게 되었지만 말이야…….
　뭐?
　중국의 평화 시설이
　그 길을 지나간단 말이야!?

놀란 눈이 물들고
마을에서 일어난 첫 사건처럼
이웃집 아낙에게도 알리러 갔다
농민의 아낙네-
내일 연도에 피어 터질
밝은 얼굴, 얼굴, 얼굴……을 방불케 한다.
별이여 쓸데없이 비관하지마.

　　잠들고 있으면 평화는 쟁취할 수 없다.
　　밤을 날려버려야 한다.

느릿느릿한 밤의 진행.
그래도 이윽고 바람은 냉기를 더하고
산도 집들도 아스팔트도
그 옆을 달리고 있는 철길도
다시 한 번 죽음과 적막이 엄습한다.
나는 담배에 불을 붙인다.
남은 담배가 친구들에게 건네진다.
상쾌한 향기가
아침의 된장국처럼 온몸에 스며든다.

　　잠들고 있으면 평화는 쟁취할 수 없다.
　　밤을 날려버려야 한다.

[아동작품란]

르포

오타니(大谷) 정공을 방문하여　샤리사 조선 초등학교 김옥희

　지난 1월 23일 나는 소년단의 대표로 다른 친구들 6명과 선생님 3명과 함께 우리들이 모은 돈, 쌀, 학용품, 격려편지, 격려포스터 등을 갖고 노동자 권리와 생활 방어를 위해 해고와 공장 폐쇄에 반대하여 작년 말부터 투쟁하고 있는 오타니 정공의 노동자 아저씨들을 위문하러 갔습니다.

　공장은 우리들이 상상한 것 이상으로 크고 파업 탓인지 썰렁했습니다. 역에서 공장으로 가는 도로 양쪽에는 수많은 조합깃발이 빨갛게 세워져 있었고 이곳 노동자들의 투쟁이 모든 노동자들에 의해서 고무되고 격려 받고 원조를 받는다는 사실을 대변하고 있었습니다. 그 많은 붉은 깃발이 바람에 펄럭이는 것을 본 우리들은, 노동자인 아저씨들의 단결력과 우애의 모습이 나를 바짝 긴장시키는 느낌이 들었습니다.

　공장의 입구나 벽에는 신문지에 검게 쓰인 포스터가 덕지덕지 붙어 있었습니다. 어른들이 쓴 "평화를 지켜라" "공장을 당장 재가동해라" "노동자의 권리를 지키자" 등의 포스터에 섞여 아이들이 쓴 "아버지 힘내세요"라는 포스터도 많이 붙어 있었습니다. 아이들도 아버지와 함께 싸우고 있는 것이라 생각하자 우리들처럼 가난한 아이들이 눈에 어른거려 눈물을 글썽이고 눈은 흐릿해졌습니다. 우리들은 조합의 사무실을 방문하여 쭉 안쪽으로 들어갔습니다. 사무실은 낡은 건물이었습니다. 유리도 없고 장지문은 부서져 있었습니다.

　그을음을 내며 불붙어 있는 스토브가 하나. 그 옆에 나무 의자가 2,3개, 정말로 초라한 곳이었습니다. 노동자인 아저씨들은 이런 어둡고 초라한 곳에서 틀어박혀 있으면서도 씩씩하게 뭔가를 이야기하고 있었습니다. 나는 혼자서 이렇게 생각했습니다. '이 어두운 응달에서 밝은 곳으로 조합의 간판이 걸릴 때가 비로소 노동자의 생활도 권리도 지켜질 때일 것이다'라고. 그곳에서 우리들은 조합의 부위원장인 사카모토坂本씨를 만나 여러 가지 이야기를 나누었습니다. 사카모토씨는 우리들이 내민 보잘것없는 위문품을 받으며 매우 감동을 받은 듯 몇 번이고 인사를 하면서 "우리들의 싸움은 전 일본의 노동자 생활과 권리를 투쟁입니다. 우리들은 이것을 잊지 않고 마지막까지 싸우겠습니다."라며 힘주어 말씀하셨습니다. "그리고 마지막으로 조선 평화적 통일의 독립을 위하여 서로 노력 합시다."라고 말씀하시고 계셨습니다. "오타니 아저씨 분들 부디 마지막까지 노력해주세요"라며 마음속으로 기원하면서 몇 번이고 몇 번이고 붉은 깃발이 바람에 흩날리는 오타니 정공 공장을 뒤돌아보며 돌아왔습니다. ----샤리사舍利寺 소년 창간호에서

샤리사 조선 초등학교에 간 날

6학년 고다마 다다시

파업 때문에
　　기차는 만원 창문으로 나간다

가즈짱과
　　얘기에 정신이 팔려 길을 잘못 들었다

이마자토숙里행
　　간신히 도착한 것이 6대째

함께 걷는 전차길

6학년 후지타 야스스케

여느 때 같으면 걸을 수 없는 전차길
오늘은 파업으로 다니지 않는다.
모두 함께 어깨동무를 하고
노래를 부르며 터벅터벅
씩씩하게 걷는 전차길
즐겁고 즐거운 전차길
기차를 타고 칙칙폭폭
버스를 타고 부릉부릉
샤리사 초등학교에 도착하자
모두가 박수로 맞아 주었다.

즐거웠던 하루

6학년 이소야마 다케시

우리들이 건너편의 학교 정문에 도착했을 때 많은 조선의 친구들이 박수치며 맞아 주었다. '역시 오길 잘했어' 라며 기뻐서 어쩔 줄 몰랐다. 준비해온 이름표를 모두가 잘 보이는 곳에 핀으로 꽂았다. 모두는 그것을 보고 "이소야먀 타케시" 야 라고 말했다.

떡이나 사과나 밀감 등을 많이 내놓으며 "이것은 모두의 용돈으로 산거니까 많이 먹어" 라는 말을 들었다.

처음으로 조선의 노래를 들려줬는데 무슨 노래인지 잘 몰랐다. 만담은 즐거웠다. 너무나 재미있어서 차를 토해 낼 뻔했다. 조선의 아이는 모두 유쾌한 애들이다.

학교 건물은 납작했지만 교실은 매우 깨끗했고 한가운데에 우리들의 일장기가 걸려 있었다. 귀갓길은 모두가 환송해주었다. 3사람만은 선생님과 함께 덴노지天王寺까지 배웅해주었다. 한사람, 한사람과 악수를 하고 아쉽게 작별했다.

/이상은 죠토쿠常德 어린이 신문에서 발췌한 것으로 원문을 그대로 실었다./

회원 모집 환영!!!!!! 시 애호가

시·문학을 통해서 우정을 다집시다.
시·문학을 사랑함으로써 지적 정서를 기릅시다.
시·문학을 통해서 인생을 바르게 응시합시다.
전국 유일의 조선인 시 서클인 본 집단도 탄생 2주년을 맞이하여 새로운 회원의 참가를 환영합니다. 신청은 본 집단에 엽서로 신청해주세요.

기도

김희구

(1) 향수

조선마을에 구름이 내려앉고 있다.

그녀는 길모퉁이의 우체국에 있었다.

젖은 미소가 넘쳐난다.

누구에게?

그녀는 잠자코 창 너머 눈 내리는 하늘을 올려다보고 있다.

가랑눈 뒤집어쓴 눈썹에 무지개가 점화된다.
"어머니"라 쓰인 손바닥 속에는
제주도가 예쁘게 가지런히 늘어서 있다.

　　　친구여
그녀를 알고 있습니까?
친구여.
그녀는 이 마을에 살고 있습니다.

그녀의 얼굴은
당신들의 누군가와 매우 닮았습니다.
조선인.———
　　　북조선계?
　　　남조선계?

글쎄 그녀는 어느 쪽일까요?
옛날부터 그녀의 생모는 한사람이라 듣고 있습니다.

그녀의 기도는
어머니의 고향으로 돌아가는 것입니다만……
친구여,
당신의 아버지는 어디에서 태어났습니까,

(2)여보의 그림

옛날.
그녀의 태양은 어느 하늘에 빛나고 있는 걸까
조차 알지 못하고 내가 모르는 먼 거리에서 잠들어 있었을
무렵 나는 뒷골목 판잣집 한구석에서
　여보의 그림을 응시하고 있었다.
　　　항구의 기적은 어린아이의 울음소리.

거리에는 금이 간 깨진 유리창.
밤기차의 레일로 이어지는
매몰된 겨울이라는 계절——
희미한 경치가 액자에 상감되어 있다.
사랑하는 사람이여
역사는 우리들의 사랑으로 시작된다.
기나긴 세월은 그 때문에 살아 있는 거다.

나는 부모로부터 물려받은 검지를
그녀의 기도에 바치겠노라

사랑하는 사람이여!

푸른 눈동자

권동택

거리에서 푸른 눈동자를 보았다
나의 시선과 푸른 시선이
팍하고 부딪혀 불꽃이 튀었다
총탄과 총탄이 충돌할 때처럼……

푸른 눈동자여 너는
내가 모르는 조선의 산맥을 보았다
내가 꿈에서나마 보고 싶어 했던 조국의 강물을 보았다.
내가 아직 못 본 고향의 숲을 보았다.

아아, 나는 보고 싶었다.
고향의 부드러운 산맥을
훈풍이 부는 오곡이 잘 익는 풍성한 가을을
노랫소리 넘치는 한가로운 수확의 풍경을
온종일 일본해의 비말을 온몸으로 맞으면서도
조국의 섬 모습조차 볼 수 없었다
이런 나에게
병사여 푸른 눈을 부릅뜨고
너의 눈동자에 비친 나의 조국을
나의 고향 조선을

실컷 보여주게나
너의 눈동자에 비춰진 조국이
불꽃에 몸부림치는 상처뿐인
조국이면 조국일수록
흙먼지 화약연기 가실 날이 없었던
조국이면 조국일수록
나는 보고 싶다. 푸른 눈동자를

완만한 산맥은 포탄에 날아가고
또 날아가 파도치는 산맥이 되었다
톱날의 산맥이 되었다
그 산맥에 또 포탄이 날아들었다.
너의 푸른 눈동자여
원한에 이빨을 드러내는 산맥
증오에 손톱을 가는 산맥에
하늘이 얼마만큼 푸르렀는가?
구름이 얼마나 희었는가?
새빨간 포신에 흐려진 눈동자
맹폭에 맹폭을 거듭하여
날아가 버린 산맥에 빛나는 눈동자를 보여라!

너희들이 수천의 포탄을 쏘고
만의 포탄을 내리꽂으며
산맥의 모양을 바꾸려 해도
하늘은 점점 푸르렀다
깎여진 산맥이 뾰족해지면 뾰족해질수록
하늘은 흐린 만큼 아름다웠다
포탄으로 도려내진 산봉우리에서 눈 아래로
너희들의 죄상을
하늘의 시선은 죽 보고 있었다
맑은 눈동자 깊은 시선으로 죽 보고 있었다
푸른 눈동자여 너는 하늘의 푸름을
눈 깜짝도 안하고 응시할 수 있는가!
마음에 한 점 부끄러움 없이 응시할 수 있는가!
너의 눈동자에는 하늘빛마저 비치지 않는다

네가 젊은 가슴에 총구를 들이댔을 때
그 가슴에 뜨거운 총탄을 쐈을 때의
증오에 불타는 젊은 눈동자를
그 뜨거운 시선을 기억하고 있는가!……
나의 시선은 그것이다!
초점 심도를 깊게 조이고
초점 거리를 훨씬 가깝게 해서 당신의 눈을 주시하겠다.

당신이 동포의 가슴에 총구를 들이대고
뜨거운 탄을 쏴댄 것처럼
나도 눈을 확 부릅뜨고
기관총탄보다도 뜨거운 시선을
너의 동공 깊은 곳까지 쑤셔 넣어야 한다!

푸른 눈동자여 푸른 신호등이여
나의 시선을 차단하지 마라!
나의 시선을 치워 없애지 마라!
새벽녘에서 황혼까지
몇 사람의 가슴을 겨눈 너의 눈동자인가
너의 총신이 새빨갛게 탈 때
너의 눈동자에 조준기의 십자모습이 강렬하게 비쳤다
푸른 눈동자에 피의 꽃 피의 문자가 번졌다
무너지는 토담벼락에 총 자리를 만들고
불을 뿜는 총구 무너지는 흙더미
타오르는 마을 부서지는 민가

푸른 눈동자여
조준기 너머로 보이는 고향의 마을은
심하게 흔들리고
격하게 타올랐을 것이다

그 불꽃을 보여주게
그 검은 연기를 보여주게
그 불꽃을 넘어
그 검은 연기를 넘어
너의 푸른 눈동자에 온통 퍼졌다
공화국의 국기
환성을 지르는 인민군 돌격을
보여주라 나에게 보여줘
푸른 눈동자여

2월7일

이카이노 이야기

김천리

비가 내린다
바람이 분다
밤의 이카이노는
참을 수 없이 배가 고프다
주머니를 털어
있는 돈 몽땅 덮밥을 다 먹어도
소주를 들어붓듯 마셔도
그런 일로
  배고픔은 좀처럼 가시지 않는다
어두운 밤
  호기심 많은 철학자가
 ―오―, 가난한 자여
  나의 손을 잡아주시게
  터질 만큼 배가 꽉 차게 되리니――
그리고 손을 잡아 주었다
  꽉 바꿔 잡는 순간
  어떻게 된 일인가?
  죽어가는 듯한 목소리로
  ――살려주세요
     제발 손을 놓아줘요――

돌에 발이 걸려 넘어지고
엉거주춤한 자세로 도망쳤다
이카이노 길은
돌길로 덮여있다
푹 젖어도
자갈길은 좋다
저벅, 저벅,
저벅
용맹한 소리를 내준다
좁은 골목에는
물이 고인 곳이 많다
크게 흙탕물이 튀어
얼굴에 퍽하고 맞았다
비가 내리고 있다
바람이 불고 있다
판잣집 지붕의
삼나무껍질이 날아올라 춤춘다
어두운 이카이노의
이 판잣집에는
반짝 반짝 전등이 빛나고 있다
아기의 울음소리가 들린다.
탕탕 문을 두드려야겠다

조선인의 위장은
맹렬하고 왕성하다

고뇌와 정열

한광제

바람과 나뭇잎이 서로 속삭이며
나를 때로는 빤히 응시하면서
웃고 있다
이름도 없는 잡초들도
몸을 크게 움직이면서
웃고 있다
분수도
잘 들리는지 웃고 있다.
아-
나뭇잎도 이미 붉어졌고
말라 뼈대만이 남아 있는 나무조차
나를 깔보며 웃고 있다

슬프다──고뇌 속에
무엇을 보고
무엇을 생각하고 있는가
넋이 나간 듯한 발걸음으로
하얀 이슬도 눈동자를 덮었다

웃어라…… 모든 물체여

당신들의 웃음과 욕설 속에서

나는 자라고 배우고 발전되는 것이다

하하하……

당신들이 웃고 욕하든

나는 배우는 것이다

하하하하……

1954.11.18 덴노지에서

문학회 오사카 지부 기관지 『지하수』 4월 하순 창간

 재 오사카 문학 애호가가 과거부터 학수고대하고 있던 조선 문학회 오사카 지부 기관지 『지하수』가 드디어 창간의 첫발을 내디뎠습니다. 기대하시고 애독하여 주십시오.

『진달래』 연구회 통지

매주 화요일 오후 7시부터 당 집단 사무실에서 거행됩니다.

일반 독자의 참가를 크게 환영합니다.

종교와 과학

- '초대된 마지막 위선자'에게 바치는 시 -

김탁촌

정적이 시간의 흐름을 거스르고
언급할 수 없는 말이
가시처럼 양심을 아프게 찔렀다.
　　청각을 내리쳐 울리게 하고
　　동력이 반대방향으로 회전하고 있었다.

징과 드럼의 정령들이
지옥의 음악제로 잘 못 알고
황폐한 집 속을 몹시 기뻐하면서 난무했다.
　　악마가 나타나서
　　무지의 부조화에 손뼉을 치며 크게 웃고 있다.

당연히 복수가
눈앞에 팔랑팔랑 거리며
졸음을 겨우 견뎠다
　　폭음이 감옥 속에서
　　피에 굶주린 비명을 올리고 있다.

초대받은 위선자가
살기위해
천지의 신불이 모두 희망을 걸었다
　　전류가 날름날름
　　푸르고 흰 혀를 내밀며 달리고 있었다.

사람의 아들이 예언했다
확실한 역사의 발자취에
거스르는 힘은 이미 없었다.
　　태양은 작열하는 불덩어리인 채
　　달은 냉각된 광물체인 채
　　과학적으로 지구와 희롱하고 있었다.

　　　　　　　　　　　　　　　　1954.12

제주도

정인

제주도
규슈九州의 하카타博多에서는 하루면 갈수 있다고 한다
그곳에서 편지가 왔다.

글자를 읽을 수 없는 그 할머니는
몇 번이고 부탁해서는 읽어 받고
뺨을 적시고 새삼 소금 맛을 음미하고
있다.

할머니는 조용히 말하기 시작했다.
    옛날 정말로 옛날입니다. 하늘은 짙푸른 색깔로, 산의
    분지는 온통 녹색의 향기로 묻혀 있었습니다.
    성산포 앞바다를 끌어안듯 해안 절벽이 서
    있었습니다. 눈에 선합니다. 내가
    걸터앉던 바위가 지금도 틀림없이 그곳에 있을 것
    입니다.

30년의 무게가 한 장의 종이에 있고
풍만한 유방을 짓눌러 찌부려 버렸다.

현해탄은 고작 몇 마일에 불과하고
성산포를 씻은 파도는 일본의 해변 언덕을 씻고 있는
데도 시선은 허무하게 부서진 일본의 암벽에 부딪힌다.

8월 15일에, 제주도는 섬 그림자를 바다에 비치고는 있었건만
바다의 건너편의 자유로운 손이 비벼 꺼버렸다.

　성산포의 파도여
　약속을 잊어서는 안 된다.
　태평양에서의 남쪽 바다에서의 모든 여행자에게
　하늘로부터의 방문객에게도 밤새워 이야기를 들려주자.

아버지의 파쇼

원영애

어떤 집에도 파쇼적인 사람은 있다. 우리 집에도 예외 없이 고집이 세고 봉건적이고 파쇼적인 아버지가 있다. 나는 나의 인간형성이 이 아버지에게 큰 영향을 받았다는 사실을 요즈음 절감하지 않을 수 없다. 다행히도 새로운 시대의 흐름에 편승했기 때문에 아버지의 융통성 없는 정신도 얼마간 부드러워져 해방된 가운데에 기를 편 것도 알았지만 그러나 모든 것이 해결되지는 않았다. 게다가 나는 완전히 아버지의 의지를 거역하는 반역아이다. 그 반역이 아버지에서만 끝난 것이 아니라 사회에도 반발하는 대역으로 바뀐 것이다. 그렇기 때문에 이 기회에 다잡고 아버지의 험담을 마음껏 쓰고 일상의 우려를 털어버리고 자신의 약점도 합리화해 보려 한다. 불운한 딸을 가진 아버지에 대해 죄송하긴 하지만 용기를 내서 불효의 죄를 저지르겠다.

가장 막내 동생에게 "아버지 좋으냐?"라고 물으면 "아버지는 항상 무서운 표정을 짓고 있기에 싫어"라고 대답한다. 이 대답이 우리 집 가족 전원의 모든 목소리인지도 모른다. 이런 아버지는 강직하고 건강해서 돈이라도 빌리면 잠도 못자고 확실하게 갚으려하지만 갚을 수 없을 때는 큰일 난다. "모두 학교를 그만두고 일용직으로라도 나가"라며 노발대발한다.

따라서 몇 번이나 그런 결단 앞에 서지 않으면 안 되었는지 모른다. 의리가 있다는 것은 남들에게는 평판이 좋다. 하지만 가정에서는 절대군주제처럼 가족의 인권은 인정하지 않는다. 다만 어머니가 부드러워서 우리형제는 겨우 숨을 돌릴 수가 있다. 가끔 아버지에게는 너무나 아깝다고 생각될 정도로 밝고 총명하다. 이 어머니가 우리들에게 은연중에 밝은 성격을 만들어 주었다. 아버지가 있을 때에는 식사를 할 때에도 소리에도 신경을 쓰지만, 없으면 두목이 없는 해적선처럼 자유로운 기분이 된다.

미안하게도 이런 아버지에게 내가 가장 맘에 들지 않았던 것이다. 의사를 시키려고 열심히 돈을 벌어 꿈을 키우고 있었는데 의사는 되지 않고 다른 일만 하고 있어서 오히려 울화의 원인이 되었다. 두 번째는 "너는 아버지의 재산으로 무엇을 공부했나?"라고 말을 들을 때마다 "시집을 보냈다든가 장례식을 치뤘다고 생각하면 됩니다."라고 대답하므로 더욱 나쁘다. 다만 이런 가운데도 육친이라는 애정이 있기에 항상 아무 일 없는 것이다.

회고해보면 이런 파쇼의 아버지 때문에 여러 가지로 고생한 추억이 있다.

우선 가죽 띠로 얻어맞는 것이 괴로웠다. 예절이 어긋난다고 해서 맞고 동생과 싸웠다고 해서 맞았다. 이 형벌 법정주의는 아버지가 한문 학원에서 선생에게 당한 것을 물려받아 행사한 것이다. "너는 약과야 나는 다리가 썩어서 구더기가 슬 정도로 맞았어."라고 말하기도 했다. 이 한문 선생의 영향은 너무나 커서 약자나 초서를 쓰면 "더 이상 학교에 가지마"라는 말을 들었으므로 지금도 여학생인데도 4각 글자2)를 쓰고 있다. 가장 괴로운 것은 헐렁헐렁주의였

---

2) 각진 글자를 지칭하는 말로 가나仮名에 대해 한자를 일컬으며 특히 해서楷書를 지칭한다.

다. 옷은 항상 소매가 손등이 가려질 듯한 것을 입고 소매
가 딱 맞을 무렵이면 색이 바라고 해지기 시작했다. 이런
일이 있었다. 초등학교 소풍 때 멋진 녹색 모자를 사준 것
은 좋았는데 너무 커서 얼굴이 가려져 부끄럽다고 했더니
모처럼 산 것을 쓰지 않으면 가만두지 않겠다고 해서 집에
나올 때만 쓰고 이후는 손에 들고 걸어 다녔다. 그러나 사
태는 거기서 끝나지 않았다. 학교 운동장에서 나란히 서있
었더니 시찰하러 왔다. 그리고 친구나 선생이 있는 자리에
서 멋진 모자를 왜 쓰지 않는가하고 소리를 버럭 질러댔다.
구두 이야기는 더 심하다. 여기에는 우리 집만의 규정 치수
가 있어 구두를 신고도 뒤쪽으로 손가락이 2개정도 들어갈
크기가 아니면 안 된다. 여학생시절 전철을 타면 뒤에서 타
는 중학생에게 미키마우스라는 말을 들은 적도 있다. 친구
들은 오리같다고도 했다. 그래서 새 구두는 지금도 싫다. 이
헐렁헐렁주의는 20세 정도까지 강요당했다. 또한 소녀시절
이나 23년 전까지의 고생은 캠프나 하이킹에 가게하지 않았
다는 것이다. 수학여행은 엄마와 온갖 고생을 해서 구슬려
서 갈수 있었지만 캠프는 학교를 졸업할 때까지 한 번도 갈
수가 없었다. 그러나 해방의 새벽종은 높이 울려 퍼지고 우
리 집에도 혁명의 여명이 찾아왔다.
　어느 날 버젓이 남자 친구가 찾아왔다. 처음에는 간이 콩
알 만 할 정도로 놀랐지만 돌아간 다음에는 생각만큼 혼나
지 않았다. 그러나 그 후에도 파쇼는 여전히 계속되었다. 그
에 반해서 나는 부모의 모든 의지에 복종하며 고개를 숙일
수 있는 나이는 지나갔고 사회를 바로 보고 비판할 수도 있
게 되었다. 아버지에 대해서는 당당히 의견을 말하거나 했
다. 대단하던 아버지도 형세를 모르는 것도 아니었지만 그

저 자신의 의지나 체면은 구기려고 하지 않았다. 그래도 변함없이 일정했다. 타인에게는 이해심이 있어 좋은 아버지여도 가족에 대해서는 엄격하게 굴었다. 그러나 이런 아버지를 여전히 미워할 수 없는 것은 아버지가 인생을 걸고 그려온 이상도理想圖 속에 우리들이 있다고 생각하기 때문이다. 아버지는 에고이스트인지도 모른다. 그러나 우리들 형제에게는 사심 없는 희생이 있었던 것이다. 가장 두려워해야할 일은 바로 이점이다. 어이없게도 봉건성의 잔재는 육친의 감정이라는 수단을 빌어 젊은 사람의 혼을 막기 때문이다. 정직하게 말해서 어렸을 적의 일은 일종의 유머러스한 이야기로 남아 있다고는 해도 철이 들기 시작한 나는 슬픈 추억쪽이 더 많았다. 성장하면 할수록 아버지의 압력은 심해졌다. 그래도 아버지이기 때문에 반항 할 수 없었다. 최근 「양산박과 축영대」라는 이야기를 읽었는데 영대의 아버지의 말이 나를 슬프게 했다.

영대의 아버지로부터 수세기에 걸쳐 오늘날에도 그것이 남아 있기 때문이다. 권력이 높으나 인간성이 너무나도 낮기 때문이다. 결혼은 딸의 의지와는 상관없이 집과 집사이의 권력에 의해 맺어졌던 것이다. 아버지라는 혈연을 끊고 해석할 때는 딸은 일개의 상품이었다. 그 상품의 매매는 권력이라는 화폐로 자행되었다. 딸의 의지 없이 약혼을 정하는 것이 당연하고 딸의 의지로 말하는 것은 치욕이라 생각되고 있었다. 그리고 일단 결정된 약혼을 파기하는 것은 가문을 더럽히는 것으로 부모를 죽이는 행위와 같은 것이라고들 말했다. 장녀인 나는 17세에 약혼이 결정되었다. 반항하면 하루 종일 얻어맞았다. 학교도 가지 못하게 하고 외출은 금지되었다. 친척들은 아버지에 대해서는 한마디도 충고는커녕

오히려 나를 설득하러 왔다. 학교까지를 왔다 갔다 하는 왕
래하는 것 말고 집밖에 몰랐던 딸은 아버지가 나쁘고 사회
가 두려웠다. 그러나 바르지 않은 것에는 지고 싶지 않았다.
 아버지 앞에서 벌벌 떨던 소녀도 이제는 심장이 강한 반항
아가 되었다. 백발이 눈에 띠게 늘어나고 그날그날의 생활
을 위해 뛰고 있는 아버지를 보면 눈물이 나올 때도 있다.
나는 아버지의 좋은 딸이 되고 싶다. 아버지도 몇 년인가
전의 솔직한 딸을 잊지 않고 있다. 게다가 나는 아버지에게
타협하려고도 하지 않는다. 그러나 이상과 같은 아버지와
나의 관계는 육친의 애정이 토대가 되었다. 또한 나는 근대
인으로서 여러 가지 면에서 구원 받았다. 하지만 낡은 인습
의 잔재 따위가 많은 딸들을 삼켰던 것을 잊어서는 안 된
다. 바로 4,5년 전까지 공공연한 상식처럼 딸의 의지를 무
시했다. 게다가 최근의 가족제도의 부활의 목소리가 일어나
고 있다. 신헌법은 불효자를 양산했다고 말하고 있다. 과연
헌법 개정 전은 불효자가 적고 개정 후에는 불효자가 속출
했던 것일까? 부모에게 효도를 강제하는 것은 천황에게 충
성을 다하고 그것이 재군비 사상으로 이어지는 것은 말할
나위도 없다. 호주권의 부활은 무엇을 의미하는 것일까? 호
주권이 남용되었던 시절에는 국가는 법률로 여성을 명령과
복종의 관계에서 가족적인 노예로 만들지 않았는가? 또한
성적인 노예로 하고 남성의 성도덕의 파렴치함은 모른 체하
고 여성의 경우 간통죄를 만들어 여성의 정조를 다그치지
않았는가? 물론 순결은 소중하다. 남성은 그것을 어겨도 당
당하다. 지금도 여전하다. 민법은 일상생활에서 여성은 도구
이고 수단인 점을 규정하고 있다. 그것이 지금 다시 고개를
들고 있다. 나는 아버지의 파쇼 때문에 슬펐지만 그것을 여

기에서 문제 삼고 싶지 않다. 문제는 낡은 봉건제라는 빈사 상태에 있는 악마가 부활하려는 것이다. 아버지의 봉건제조 차 슬픈데 가족제의 부활로 공공연히 법률화하여 여성을 괴 롭히는 것에 대하여 증오하지 않을 수 없다. 나는 여성의 입장을 지나치게 고집했는지도 모른다. 그러나 세월이 지나 면서 여성역사의 비애가 몸서리치게 느껴지자 자신의 반발 의 원인과 결부시키고 싶어졌다. 그리고 두 번 다시 반복되 지 않도록 노력하고 싶어졌다.

『진달래』의 밤 개최

오사카 조선시인집단 탄생 2주년 기념/
친구들에게 권해서 꼭 함께 오세요.
일시:3월 21일(춘분)오후 6시부터
장소:조선인 회관 대 홀 입장무료
행사:조시(『진달래』 2개년의 발자취)
　　　공개 합평회(『진달래』 11호)
　　　여흥(촌극, 합창, 포크댄스)

편집후기

※2월중에는 그런대로 발행할 수 있도록 노력했습니다만 늦어져서 독자들에게 송구스럽게 생각합니다.

※2주년 기념호라고 이름을 붙이긴 했지만 집단과 저 자신의 역부족으로 딱히 특색 있는 편집도 못해서 아쉽습니다. 그래도 회원여러분이 각각 역작을 보내주셔서 진심으로 기쁘게 생각합니다. 진정한 의미에서 대중에게 신뢰받는 집단으로 발전해갈 것으로 확신을 가집시다.

※2주년 기념호와 동시에 진달래 축제를 21일에 가질 수 있게 되었으니 독자여러분과 함께 하루 유쾌하게 보낼 수 있게 되었습니다. 생각해보면 작은 문학사를 만든 셈입니다. 작지만 창조의 기쁨을 나눕시다.

※낮과 밤이란 모임에서『진달래』2주년에 대해 따스한 인사를 보내주셔서 충심으로 감사드립니다. 이제부터라도 조일 양국민의 우호를 높이는 의미에서도 서로 서클지가 진정으로 뿌리 내릴 수 있도록 노력합시다.

※샤리사 초등학교의 협조로 아동작품란을 꾸며보았습니다. 앞으로도 아동작품이 있으면 계속 보내주십시오. 아동의 솔직한 시선에 우리들도 많이 배울 수 있지 않을까 생각합니다.

※독자 여러분『진달래』에 대해 느낌이라든가 희망사항 같은 것이 있으면 많이 투고해주시면 기쁘겠습니다.『진달래』는 우리들만의 것이 아니고 여러분의 것이기도 하고 여러분의 지원에 의해서 보다 바른 생활반영의 창작이 생겨날 것으로 확신하고 있습니다.

※마지막으로 이번호의 등사제본 그 외의 많은 협력을 해주신 회원외의 친구 여러분께 심심한 감사의 말씀을 드립니다.

『진달래』 제11호

1955.3.10인쇄

1955.3.15발행

가격 20엔

편집책임자 정인

발행책임자 홍종근

발행처 오사카大阪 이쿠노구生野区 히가시모모타니東桃
谷区 4-224

오사카 조선시인 집단

진달래

ヂンダレ

大阪朝鮮詩人集団機関誌

第12号

VARSOVIE·31·VII−14 1955

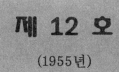

제 12 호

(1955년)

목 차

권두언 / 생활의 버팀목 -오사카조선시인집단

작품

국어작품란

아동작품란

서신왕래 / 김탁촌 · 사카이 다카오坂井たかを

편집후기

[권두언]
생활의 버팀목

과학은 생산에만 기여하는 것이라고 우리들은 생각하며 또한 그것이 올바르다고 믿는다. 인류사회의 발전에 과학이 맡아 온 역할은 실로 지대하다. 우리들은 깊은 경의를 표할 수밖에 없다. 그렇기 때문에 과학을 파괴의 하수인으로 타락시키기 위해 밤낮으로 노력하는 이들에게 증오와 분노를 느끼지 않을 수 없다. 원자무기를 마치 평화의 상징인양 선전하고, 불안을 조장하는 행위를 일상사로 삼는 이들에 대해 우리는 결코 무관심할 수 없다.

우리들은 인류의 생존을 위해 이러한 이들에게 끝없는 증오를 느낀다. 그리고 그 증오를 우리들 생활의 버팀목으로 삼는 것이다. 그런 의미에서 우리들은 빈어필(Wien appeal)[1]을 지지하며, 전 세계 사람들이 이를 자각함으로써 평화를 향한 소원을 열렬하게 표현하고, 적극적인 활동을 펼치고 있다는 사실이 더없이 든든하다.

이번에 폴란드 수도 바르샤바에서 제 5회 세계청년학생평화우호제의 개최가 결정되었다. 우리들은 전 세계 평화애호 청년들에게 뜨거운 갈채를 보내며, 전 세계적인 연대의 일익을 담당하는 것에 한없는 긍지를 느낀다.

오사카 조선시인집단

---

1) 핵전쟁 준비의 반대를 호소하는 서명 운동. 1955년 세계 평화 평의회에서 채택되어 세계적인 운동이 됨.

[작품]

동결지대

홍종근

운하의 물은 심하게 썩었고
싸구려 아파트 그림자는
축 늘어져있다

원래는
고무 공장이었다고 하는데
더 이상 폭발적인
증기 배기음은 들리지 않는다
고무덩어리를 으깨어 부수는
롤러의
날카로운 울림도 들리지 않는다

〈구두는 아사히朝日화학〉이라고 쓰여진
거대한 굴뚝이
허무하게 입을 벌린 채
하늘로 솟아
그 끝
피뢰침을 힘껏 눌러 구부리고 있다

뒤로
훨-씬 뒤로

둔중한
보일러 가마가 보인다
일어설 여력도 없는 듯
벌겋게 녹슬었고
벌거벗은 여자 아이가
친구들과 엎치락뒤치락하며
발판 없는 철체를
필사적으로 기어오르려 하고 있다

오-라이 오-라이
점차
도로를 치우는 불도저가
스톱 자세를 취한다
체인 블록이
날카로운 소리를 내며
기중기의 시커먼 쇳덩이 바닥에
비친 조선인 아파트를 목표로
크게 흔들리며 뻗어가는 것이다

장식

권동택

여자의 야윈 몸은
슬픈 장식으로 덮여 있다
가슴의 브로치는
깊은 호수처럼 빛나고
하늘색 블라우스는 끊임없이 펄럭이면서
멀리 파도소리를 부르고 있었다
수정 목걸이는
낙숫물처럼 글썽이며
움직일 때마다 한 방울씩
당장이라도 흘러내릴 듯 했다
붉은 손톱은 화염을 뿜을 듯 빛나고
여자는 화산火山 머리를 흩트리며 서 있었다
가늘고 쭈그러진 팔에 물린 은환
허리뼈가 빠질 만큼 죄어 있는 금속 벨트
그것이 내게는
눈앞에 새로이 둘러쳐 있는
가시철조망처럼 비춰 슬펐다

여자의 야윈 몸은
엄청난 폭발음에 흔들렸다

속눈썹은 시든 낙엽솔잎처럼
맥없이 떨어지고
조가비 같은 귓볼은
기분 나쁜 여운을 듣고 있었다.
모래처럼 바슬바슬 부스러지는
벽의 소리를……
여자의 발꿈치가 유리문보다도
심하게 떨고 있음을
나는 보았지만
여자는 표정을 바꾸지 않고 담배연기를 토해내고 있다

폭발음이 멀리 사라졌을 때
나는 보았다
장미 같은 입술사이로
차갑게 얼어
하염없이 이어진 빙산의 능선을

진주가 하나
조가비 같은 귓볼에 흐르고 있다
고향의 솔바람을 그리워하며
고향의 金海苔 내음을 그리워하며

낙숫물

권동택

하늘은 적의로 가득 차 있다
하늘은 납빛총구가 쏟아지고 있다
산탄 같은 거센 비가
함석지붕을 때리고 있다
함석지붕은 녹슬었다
함석지붕은 썩었다
함석지붕은 뚫렸다
나는 직장을 잃고
그저 천장을 바라보고 있었다

축축하게 젖기 시작한 천장
그것은 점점 넓어져
확연한 대륙의 형태다
그럼에도 더욱 더 팽창하려 한다
나는 눈도 깜빡이지 않고
넓어져 가는 지형을 응시하고 있었다
과연 어디까지 커질까
뚝하고 낙숫물이 다다미로 떨어졌다
나는 바로 몸을 일으켜 쇠 대야를 가지고 왔다
요란한 낙숫물 폭탄

나는 귀를 막은 채 까치발을 하여
천장에 눈동자를 가까이 댔다
낙숫물방울에
작은 벌레가 확대되었다
놀란 나는 눈을 부릅떴다
기괴한 벌레의 정체를
나는 마음을 진정시키고 정확히
확인할 수 있었다

그 놈은 득의양양하게
넓어져 가는 지도를 바라본다
쉴 새 없이 더듬이를 움직인다
쉴 새 없이 파란 안구를 움직인다
지도는 쓰나미처럼 천장에 퍼지고
기둥에 낙숫물 유성이
계속 흐르기 시작했다
그놈 더듬이를 훑더니
튀어 오르며 기뻐한다
방심은 금물
바로 그때 눈 깜짝할 사이도 없이 낙숫물에
몸이 휩쓸렸다
예상치 못하게

폭탄 맞은 꼴로
단말마의 비명을 지르며
쇠 대야에 곤두박질쳤다

산산 조각난 사체
쇠 대야 가장자리에 파란 안구가 도깨비불을 내뿜는다
쇠 대야에 격한 폭격이 이어진다.

문학애호가 간담회 통지
제3회 간담회를 다음과 같이 실시합니다.
일시 : 7월 18일(월) 오후 7시 30분
장소 : 조선인회관

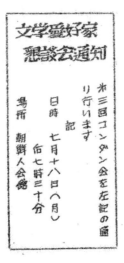

피투성이의 노래는 더 이상 짓지 않으리

박실

그래서 나는 느닷없이 놀란 것이다.
내가 더할 나위 없이 사랑하는 어머니를
상처 입힌 너희들이
이렇게 가까운 곳에 있기에

이 나라 동포 중 어딘가에
하수인 몇몇이 있을 것이라고
나는 전부터 냄새를 맡아 알고 있었지만
너희의 두목이
입이 닳도록 부인했으니까.

너희들은 무용담에 빠져 있었지.
너희들의 용감함에 대해
파헤쳐진 대지와 불타는 강에 대해
내가 눈앞에 있다는 사실도 모른 채.

오오 일본의 젊은이들이여!
아주 먼 이야기라면 상관없지만
내 어머니의 염원이 이루어져
자식들이 돌아온 지

불과 5년-영원한 역사의 시간으로는 1초
정도라 할 수 있을-밖에 지나지 않았음에도
너희들은 여러 번 피를 빨아 먹은 것이다.
비열하게도 호가호의하며
그늘에 숨어 웅크린 채.

너희들은 하수인이다!
나는 너희들에게 싸움을 걸 권리가 있다.
허나 나는
검을 치켜들지 않을 것이다.
어쨌든 하수인을
진범이라고 단정 지을 수 없기에

순백의 후지 산봉우리를
애지중지하는 너희들이기에
실은 착한 심성일 것이기에.

그래서 나는 너희들에게
검을 치켜들지 않을 것이다.
다만 아주 조금의 진실을 이야기하고 싶을 뿐이다.

나의 어머니가 상처 받은 만큼
나의 사랑은 점점 더 끓어오른다는 사실을
너희가 집을 비운 사이
화상과 무수한 검은 점에 시달리는
너희의 어머니를
그런 아주 사소한 진실을 말하고 싶을 뿐이다.

그런데도 여전히 그 피투성이의 손으로
어머니의 손을 잡을 것인가
지금 다시 한 번 이웃의 피까지 더럽힐 것인가
나는 분명히 알아 갈 것이다.

충실한 일본의 아들이고 싶기에.
충실한 조선의 아들이고 싶기에

멋진 미래

김탁촌

숨 막히는
이국의 바람 속에서
긴긴 세월을
멀리 떠나와
오늘도 해는 저물었다.

친구여!
나또한 너처럼
내일을 힘차게 싸우기 위해
조용한 이 시각
지난 시간을 반성하며
하늘 깊숙이 박혀있는
별들을 올려다본다,

벌린 양다리 위에
중심을 묵직하게 안정시키고
손은 단단히 허리 위에 올려놓은 채
내일의 맹세를 확고히 한다,

저 별
하나하나가 모두
아름답게 빛나기에
나의 행동은 언제나
성실해야한다고,
저 별자리 무리의
불규칙한 배열이
그렇지만 정연하기에
우리들은 언제나
서로 돕고 격려해야한다고,

친구여!
얼마나 멋진 일인가,
별 하늘도
그리고 우리들의 미래도-
모든 고통과 슬픔이
'운명'의 저주로부터 해방되어,
억압하고 멸시해 온 혼백들이
허공의 신에게 십자가를 그리며 기도한다,
그리고 우리들은
이들 위에 자리 잡은 주인인 것이다,

우리들의 조국
영웅의 나라는
거대한 심장으로 숨 쉬며
지금 저 가장 빛나는 별 아래에서
사회주의 나라 건설을 노래하고 있다,

친구여!
인간이 사는 이 대지 위에
숨 막히는
이국의 바람 속에
우리들 '조선인민' 처럼
명예로운 이들이 존재했을까!

　'조선민주주의인민공화국'
이것이 우리들 조국의 이름이다

(55. 5. 25)

한밤중의 이야기

정인

내가 그 곳에서 본 것은
일본의 젊은이들이었다.
하나같이 머리를 짧게 밀고
코는 부자연스럽게 낮았다.

칸막이 저편에서
나의 조국은 두 동강나고
럭비선수였던 그들은
천진스럽게 목소리가 높았다.
일본이 조선전쟁 특수로 먹고 살았던 시절 이야기인 듯했다.
　-조선의 강을 포탄을 안고 건넜지.
　어두운 밤 조금은 무서웠지만
　럭비공을 안고 달려가는 것 같은
　일이었지.
　여자의 시체 따위 아무런 흥미도 일지 않았어
　화약연기는 아마 아궁이연기였고
　무일푼의 여행도 스릴 넘치는 것이었지-

전쟁이 만들어 낸 밀리터리즘이었으나
내 가슴에 복받쳐오는 기억

〈도시의 사막이었다〉
나는 어둡고 깊은 바다에서 별의 위치를 생각하고 있었다.

어느 마을 찻집
나는 3시를 알리는 소리에 재촉되어 밖으로 나갔다.
마을에 굵은 빗줄기가 쏟아지고 있지만
여하튼 나는 발걸음을 떼었다.

미

정인

덴노지天王寺 공원은 맑을 틈이 없다.
흐린 하늘은 지금이라도 흘러내릴 듯하다.

3개월은 길렀을 머리
3개월 동안은 목욕탕에도 가지 않았을 것이다.
벤치에
청년은 허리를 구부리고 있다.
무릎은 찢어졌고
지하철 겨울의 악취가 났다.

굴뚝이 내뿜는 피로를
기대하고 있는- 선반 안
정원사의 뛰어난 기하학이면 충분하다.
야성은 깔끔하게 다듬어졌고 적백황
분수가 아주 무심하게 꽃들을 사랑하고 있다.
〈잔디를 사랑합시다〉라는 팻말을
만족하는 듯 잔디는 초록빛이다.

오사카시 공원과에서는
오늘도 "미"를 설계하고 있다.
설계자는 만족스러운 듯 담배를 피우고 있었다.

특별 거주지

권경택

소년 하나가
울타리 앞에 서
만개한 벚꽃을 올려다보고 있다
가시철조망에 둘러싸인 울타리 안에
벚꽃 가지들이 하늘거리며 드높게
하늘거리며 드넓게 퍼져
엷은 복숭아 빛 꽃잎은
일본 땅 아닌 곳에서 지고 있다.
눈부시게 아름다운 4월의 햇빛을 받으며
꽃도 가지도 줄기도
구석구석까지 모두
부드러운 생명력으로 가득 차
아름답게 만개해있다.
소년의 반짝이는 눈동자에
벚꽃 그림자가 비치고
그에 겹쳐
가시철조망의 그림자가 뚜렷하게 비치고 있다.

번민

한광제

너는 알고 있는가
그것은 20와트의 전등 안
저 전구에서 섬광이 튀어
불꽃과 불꽃이 교착 상태로
조국남조선? 조국북조선?
활활 타는 보일러 안이다
나는 가만히 눈을 응시했다
그러나
머릿속은 텅 비어 있다

너는 알고 있는가
흔들리는 내 마음의 번민을
그녀가 말했다

'이데아(idea) 속에서 생활하는 사람을
나는 원하지 않는다' -라고

그대여
싸늘한 창끝이
유성처럼 내 가슴을 찔러왔다

'뭐라고' -?

그대는 나를 의심하고 있는 것인가
아름다운 초록에 물든 산봉우리
몇 천 년의 전통이 더럽히지 않는 강을
나는 한없이 사랑하고 있다

그대여
믿어줄 수 없는 것인가
나의-나의 이데아를 인정하지 않는 것인가
나는 모르겠다
안개 낀 머릿속은 텅 비었다

1955.3.25.

통조림

한광제

나는 가만히 바라보았다
너도 잘 보아라
저 생선그림의 빨강과 파랑으로 꾸민
저 아름다운 상표 뒷면을
잘 보아라
보일 것이다
어린 소녀의 슬픈 눈동자
창백한 얼굴에 야위어 마른 손등
서리와 얼음으로 갈라진 검붉은 손
옆에도 비슷한 소녀들이

자 잘 보아라
보이지 않는가
도시락 먹는 모습이
검은 밥-
아침 8시부터 밤 10시까지 일하고 있는데도

자 잘 보아라
보이지 않는가
어둡고 칙칙한 전등이다

창호지는 찢어지고
부엌에서 천장까지 전부 그을려 있다
자 들리지 않는가
좀 더 귀를 기울여 보아라
들리지 않는가
갓난아기의 울음소리가
젖에 굶주린 울음소리가

이런 소녀들의 슬픔과
저 야위고 마른 검붉은 손이
저 아름다운 생선그림 상표 뒤에 숨겨져 있을 줄이야
그럼에도
생선그림 상표는 사람들의 눈에
아름답게 비치고 있었다.

1955.6.20.

톱기사와 3면기사

김탁촌

'활짝 핀 꽃봉오리
비키니(핵) 돌풍과
비키니 폭우 아래에서
저런, 저런 하는 사이에
맥없이 죽어 갔습니다'

이 원폭기술 앞에서
서로 밀고 당긴 끝에
넋이 나가
즐겁구나
재미나구나
마시고
먹고
큰소리로 노래하고……
여기저기 뒹굴고……

큰 싸움을 벌리고……
에이! 성가셔
자포자기하고
한 번 죽어 볼까?

산들 바람이 랄라라
젊은 아이는 랄라라라

잠깐 자네!
저기
거리 구석에서
전신주에 머리를 처박고 있게나

껄껄껄껄
이상하게 유쾌히 들리는 그 목소리는
도대체 어디의 누구신가!?

1955. 4. 6

신회원 소개

조삼룡趙三竜 「눈을 돌려줘眼をかえせ」 라는 시작품으로 열도
에 소개되어 새로운 바람을 일으키고 있는 보일러 맨 시인.
서른 살 가까운 나이지만, 젊은이들 보다 솔직하고, 힘 있
는 사람이다. ‘내일’ 이라는 서클에도 소속되어 활동 중.
김화봉金華奉 19살의 나이. 정당하다고 믿는 것을 어디까
지고 주장하는 영혼의 소유자. 중키의 공부벌레. 수요회
회원이기도 하다. 앞으로의 활약이 기대된다.
김평빈金平彬 녹로轆轤공으로 일하고 있는 노동청년. 시를
향한 애착이 끊이지 않아 우리 집단에 입회. 앞으로의 활
약이 기대되는 젊은 유망주 중 하나.

추억

김인삼

추억은 낡아 바랜 그림물감인가.
희미한 색에서
마른 잎 냄새가 난다.
 물감을 칠하고
 칠해도 예전의 선명함은 없고
 바래진 색의 감성이 보인다

살아간다는 고달픔이 지친 몸뚱이를 통해
매일 증명되고 있지만
오늘도, 다시
추억을 캔버스 위에
눈물 색으로
누군가 그려준다.

어느 오후의 우울

김화봉

주제넘게, 시를 쓰고 싶은 마음이 일어
펜을 잡고 책상에 앉자
한 줄 쓰고는 고민에 빠지고
두 줄 쓰고는 사전을 뒤진다
배우지 못한 나의 슬픔이여.

3평의 좁고 답답한 방에
백열등 하나가 희미한 빛을 발하고 있다.
책상 대신 밥상 옆에서
생활을 위해 열심히 바느질하는 아주머니의
빨갛게 부어 오른 눈의 아픔
밤낮으로 그저 기계처럼 일하는 손가락이
때때로 희미하게 빛나는 것도 가련해 보인다
두 살배기 갓난아기가 알루미늄 그릇을 들고
탕탕 밥상을 두드리는 시끄러운 소리.
"정신없어" 라고 소리 지르자
그 작은 눈을 깜빡거리며
내 눈을 들여다보는 순진무구한 얼굴의 사랑스러움.
밖에서 강아지가 누군가에게 두들겨 맞는지
깨갱하고 미친 듯 울어 대고

비행기는 둔중한 폭발음과 함께 어딘가로 사라져 간다.
대낮 어두운 방은 오후 3시.

주제넘게 시를 쓰려는 마음이 일어
펜을 들고 책상에 앉자
한 줄 쓰고는 고민에 빠지고
두 줄 쓰고는 사전을 뒤진다
배우지 못한 나의 슬픔이여.

어촌의 평화

임룡

만선을! 순항을! 기원한 어선은
거대한 해면에 달빛을 받으며 남십자성을 향해
거친 바다 넘어 파도를 가르며 남쪽으로 남쪽으로
삼각돛에 불어오는 한풍을 안고
고기떼를 찾아 남쪽으로 남쪽으로

추운 밤도 지나고 물결도 잠잠해지자
동쪽에는 풍어의 길조라 여겨지는 희망의 여명
고기떼 모여 있는 곳을 목표로 더욱 더 남쪽으로 남쪽으로
돛을 내려! 방향을 바꿔! 그물을 던져!
순식간에 그물은 고기떼를 둘러싸고

끌어 올려! 라는 명령과 함께
햇볕에 검게 탄 어부의 두 팔은 불끈불끈
여명의 빛 아래 어선은 순식간에 산더미 같은 물고기 떼
귀항이다! 큰 물고기가 쑥쑥 올라오고
목표는 어촌
아침볕에 빛나는 마을 사람들의 얼굴은 평화와 행복과
환희로 가득 차있다

친구여

임릉

출항 신호와 함께 눈물이 뒤덮은 배 옆에서
너와 나는 땀에 젖은 두 손을 꼭
쥐었다
생사를 같이하고 고락을 나눌 평화 통일의 날을
맹세한 그때, 젊은 우리들 두 눈에는
굳은 결의와 헤어짐을 아쉬워하는 눈물로 가득했고
'마음 단단히 먹어!' 라고 외치는 소리도 기적 소리에 막혀
그저 모자를 흔들던 너의 모습만이
아직까지 이 눈 안에 선명히 남아 있다
서로 돕고 충고한 동지들을 떠올릴 때마다
살인, 강도, 부랑 모든 저주가 회오리친다
암흑 속, 사랑도 신실信實도 희망도 공상도 바랄 수 없는
절망과 비탄의 세계에서 아무것도 없는 세상 속에서
젊은 우리들은 정의를 잊지 않는다
우리들은 굳은 의지와 정열을 가지고 있다
진실과 민족정신으로 살고 있는 이들은
젊은 우리들의 귀환을 기원하며 기다리고 있을 터이지
통일과 평화, 자유를 위해서

비가 내린다 비가 내린다

소일로

비가 내린다 비가 내린다
이 마을에도 저 마을에도
방사능비가 내린다
그나마 살아 있을 때
저 아이에게 마음을 고백해야지

비가 내린다 비가 내린다
이 마을에도 저 마을에도
방사능비가 내린다
그나마 젊음이 다하기 전에
그 모습을 마음에 새겨 둬야지

비가 내린다 비가 내린다
원자구름에서 전 세계로
방사능비가 내린다
평화와 아름다움이 사라지기 전에
서둘러 어떻게든 해야만 한다

장갑

정점복

얼마나 꼈는지 털실이 가늘어 졌고
그물코도 커다랗게 눈에 들어온다 연인에게 무리하게 받은
장갑은

이 장갑을 끼고 있을 때 나는 언제나
연인의 손을 쥐고 있는 따사함이다
그리고 건강한 붉은 뺨과 하얀 얼굴과 귀여운 눈을 가진
연인이 '점복아! 힘내' 라고 격려 한다
장갑에 붉은 잉크 자국이 배어 있다
틀림없이 삐라를 인쇄할 때 생긴 것이겠지
지금 내게는 이 빛 바랜 붉은 색마저 그리운 얼룩인
것이다

연인은 이 장갑을 끼고
차가운 겨울비에도 굴하지 않고 걷고
추운 북풍에도 굴하지 않고
붉은 뺨을 더 빨갛게 하면서 조국을 지켰다
이 남자의 장갑을 끼고
이 장갑은 지금 내게 격려와 용기를 주는 따사한
장갑이다

어떤 비싼 장갑보다도 따사로운 마음을 담아

기증감사

『속삭임ささやき』창간호, 『추풍령秋風嶺』창간호, 『철과 모래鉄と砂』11호, 『내일』3호, 『시노다야마信太山』1·2호, 『동료仲間』12호, NON시집 『진창泥濘』오임준吳林俊, 『성좌군星座群』창간호, 『보리피리むぎぶえ』8호

[국어 작품란]

동무2)

남길웅

> 동무!
> 봄은 確實히 왔어
> 봄은왔것만 한량없이 외로움만이
> 나에게는 봄과함께 왔네
> 따뜻한 陽地쪽에 고양이가
> 앞발을 덜으 노략질할때
> 나의 思想은 끝없는 故鄕의 하늘만

물색하네
동무와 헤어진後
나에게는 靑春의 이룽진 꿈의한토막도
나를찾어온 봄의 포근함도
동무와함께 멀어졌노라

동무와 함께 있을떼는 미쳐몰랐어!
한창인 벗꽃이 얼마나 아름다운가도
또 밤하늘에 떠있는

---

2) 한국어 시로 원문 그대로 표기함

교교한달의 有情함도
정말 동무가 내곁에있을때는 미쳐몰랐어
동무!
이제는 단지 그리워만 하여야할 運命
回想의 벗에만될 동무를
언제까지나 漠然히
生覺만하고 있으야할런지?
한량없는 적막感만이
나의 호주먼이에 남았노라

[아동 작품란]

가게보기

후쿠시마福島 조선소학교 6학년 홍효일

흐린 일요일이었습니다. 저는 가게를 보고 있었습니다. 젊은 여자 손님이 와, 가게에 진열한 신발을 긴 시간 여기저기 살펴보더니, "이 신발 얼마니?"라고 물었습니다. 이 가게는 작아서 신발에 가격표가 붙어있지 않습니다. 할 수 없이 적당한 가격에 팔았습니다.

얼마 후 아버지가 돌아오셨습니다. 그래서 아버지에게 구두 가격을 물어 보았습니다. 아버지는 500엔이라고 대답했습니다. 저는 650엔에 팔았습니다. 아버지께 650엔에 팔았다고 이야기했습니다. 아버지는 유쾌한 듯 웃으며 저를 칭찬했습니다.

저는 해냈다는 기분에 누군가 빨리 물건을 사러 오기를 기다리고 있었습니다.

이번에는 남자손님이 왔습니다. 저는 또 터무니없는 가격에 팔았습니다. 저는 나중에 아버지에게 가격을 물어봤습니다. 아버지는 400엔이라고 말했습니다. 저는 300엔에 팔았습니다. 300엔에 팔았다고 말씀드리자 아버지는 100엔 손해를 보았다고 큰 소리로 말씀하셨습니다. 저는 속으로 '100엔 정도야 어때, 아까는 150엔 이득 봤잖아.'라고 말했습니다.

늙으신 아버지

중부中部 조선인학교 중2학년 권조자

늙으신 아버지의 어깨를 주무른다.
일본에 오신지 어느덧 이십여 년
그 어깨에는
노고한 삶의 주름살이
여러 줄 새겨져 있는,
그 안에는
일본에서 살아온 역사가 있다.
고향에 돌아갈 날을
손꼽아 기다리며
폭풍을 견디어 온
지금은 백발이 된 아버지,
어둑한 전등 아래에서
어깨를 주무르자
가만히 눈을 감고 계신다,

잠든 어머니 얼굴

중부 조선인학교 6학년 권남해자權南海子

시계가 9시를 알렸다.
잠든 어머니의 눈 주위가
실룩실룩 움직였다.
몸이 안 좋다며
일찍 잠든 어머니.
아버지가 징용에 끌려가 돌아가신 후
밤늦게까지 고생하는 어머니.
나는 가만히 어머니의 잠든 얼굴을 바라보았다.
아직 흰머리는 없지만
주름살이 많이 늘었다.
힘드신지 조금 입을 벌린 채 주무시고 있다.
오랫동안 고생 해 온 어머니.
그에 비해
응석만 부려온 나.
정말 죄송했다.
이제부터는 잘 도와드려야겠다고
마음속으로 그렇게 다짐했다.
소리가 나지 않도록
책상에 가만히 책을 넣었다.
조용히 잠든 어머니.
무슨 꿈을 꾸고 계실까.

비 내리는 날

후쿠시마조선소학교 6학년 김시자金時子

비가 오면
우리 집은 비가 샙니다.
금속대야가 통 통
소리를 내며 울립니다
어머니는
아까부터 조용히 바느질을 하고 계십니다
아버지는
아침부터 낮잠입니다
나는 지루해져
비가 만드는 음악을 듣고 있습니다.

우리 집 생활[3]

김순일

　나의 집은 너무나 곤난하기에 좋은것은 찾을수 없습니다. 다만 내가 집에서 도야지밥을 주고 집안일을 도와주니 좋아하는 영화에 보내주는것 뿐입니다.

　지난 4월20일에 도야지를 팔았기에 무엇한개라도 사 주실줄 생각했습니다만 빌린돈을 받으로오는 사람들이많아 결국 아무것도 사 얻지 못했습니다. 아버지가 발을 다쳐있기때문에 어머님은 혼자서 바쁘시며 고생이 더 많습니다.

　그러나 아버지도 좋지못한 몸으로 우리통일학교 건설을 위해 나가시니 집의일은 그래 돌볼수가 없습니다. 그러니 통일학교가 건설되면 집일도 할수있게 될 것이라고 생각합니다.

　나의 어머니 아버지는 생활을위해서도 걱정하고있으나 우리들의 책값을위해서도 매우 걱정하고 있습니다. 여러동무들이 좋은물건을 갖고있는것을보면 나도 갖었으면이라는 마음이 두지만 무리로 말할 수 없습니다. 아버지, 어머니는 곤난한속에서 우리를위해 온갖 노력과 고생을 하고계신다. 나는 이런 부모를 갖인것을 무엇보다도 행복하게 생각하고 있습니다.

---

3) 한국어작품으로 원문 그대로 표기함

서신왕래

김탁촌

소식 매우 감사했습니다. 최근에 받아 본 편지 중에 가장 읽은 보람을 느낀 편지였습니다. 열의와 성의, 선의로 가득 찬 편지는 시골생활에 흐트러지기 쉬운 내 마음에 새로운 생활의 활기를 불어 넣어 준 글이었습니다. 도시에 살지 않을 때 자칫하면 발전하지 못하고 녹슬어버리는 일반적인 과정을 극복하기 위해서 당연히 스스로를 채찍질해야 하는데, 여러분처럼 배려하고 용기를 주는 분들이 얼마나 필요하며 힘이 되는지 상상 이상입니다.

저는 현재 책방 2층을 빌려 자취를 하고 있습니다만, 책이 판매되는 모습을 보면 지방은 그다지 문화적인 요소에 관심이 없는 것 같습니다. 부록이 붙은 값싼 잡지만 팔리고 좋은 책을 사는 사람은 거의 없습니다. 오늘날 일본의 한 단면이랄까요, 생각 없이 읽는—일반적으로 그런 것들을 원하는 것 같습니다. 우리들 조선 청년도 결코 이 모습에서 벗어나 있다고 할 수 없습니다. 지금부터 많이 고뇌하게 될 것입니다만, 아무래도 현실을 이처럼 솔직히 말할 수밖에 없습니다.

물론 한편에서는 최근에 맹렬히 공부하기 시작한 사람들이 있지만 전체적으로 볼 때 그 수는 매우 적습니다.

일본의 문화는 확실히 변칙적으로 발전(?)하고 있습니다. 조선에서는 그런 일이 없을 것입니다. 미약한 우리들의 일이 예를 들어 아주 적은 사람들에게라도 이해받고, 또한 그를 통해 맺어질 수 있다면 우리들은 어떠한 어려움도 기꺼이 견뎌야 하지 않겠습니까.

28일 공연은 꼭 보려고 생각중입니다.

여러분의 노력으로 공연이 유종의 미를 거둘 수 있기를 간절히 바랍니다.

사카이 다카오

전략前略, 생면부지인 제가 그저 친구에게 끌려 여러분의 모임에 참가하게 된 실례를 용서해 주십시오.

그날 밤의 기쁨과 이렇게 훌륭한 모임이 있다는 것을 알게 된 후, 저는 집에 돌아가 잠자리에 들어서도 쉽게 잠들 수 없었습니다. 생기발랄하고 어떠한 어려움도 견뎌려는 용감한 모습을 그 곳에서 볼 수 있었습니다. 그 안에 있었던 저는 조금 부러운 마음도 들었습니다. 여러분들의 미래는 웅대하고, 또한 진달래는 양적인 면과 함께 작품도 더욱 아름답고 힘차게 성장해 갈 것입니다.

그리고 그렇게 될 것을 기원합니다.

마지막으로 그 밤의 감상을 하나로 정리해 보았습니다. 진달래 회원 여러분에게 최고의 존경을 담아 보냅니다.

자 합평회를 시작합시다.

'그럼 오늘 합평회를 시작합시다'.

아직 12,3명밖에 모이지 않았다.

밤 8시15분이 지나고 있다.

'오늘은 저번 주에 이어 진달래 11호의 남은 시에 대한 합평회입니다' 라고 젊은 책임자 A군이 조금 감기기운이라며 굵은 목소리로 말하기 시작 한다.
 꾕꾕 기계가 움직이는 공장에서 바로 달려온 친구들
 부탁합니다─라고 연호하는 자전거들이 오고가는 차가운 거리에서 온 친구들
 '와 준 것은 좋은데' 라고 걱정하던
 K군도 싱글벙글하며 들어 왔다.
 그리고 S군도 T군도 내가 모르는 사람들이지만 속속 들어온다.
 누군가가 들어 올 때마다 누군가가 몸을 일으켜 자리를 만든다.
 그리고 내 마음이 기쁨으로 넘친다.
 이 사람들이 바른 이론을 배우고 시를 만들어, 시로 무장하고 행동하기 시작했을 때
 오오 동료들아
 그 때야말로 고루한 껍질이 깨지고
 우리들의 새 시대가 오는 것이다.

 '이 시는 너무 심하게 자신 안에 갇힌 채 노래했기 때문에 얼마간의 설명이 없으면 알 수 없다'.
 '시란 그렇게 어려운 것일까요'
 '우리들 생활을 보다 있는 그대로 바라보고 있는 그대로 노래하자'.
 '그렇지만 역시 평화는 잠들어 있으면 오지 않는다는 사실이 내가 말하고 싶은 것이고' 라고
각각 열의를 담은 표현으로 사람들은 말한다.

진정어린 얼굴과 얼굴이 60와트
백열등을 중심으로 마주한다.
시의 진지함을 추구하는 격렬함이
4평짜리 방을 휘감는다.
가만히 모두와 함께 생각한다.
 갑자기 침묵의 공간을 깨고 누군가가 발언한다.
 '이카이노는 우리들 제 2의 고향이다. 그것을 아름답게
하나로 쓰지 못하는 건 잘못된 일이다.'
 '아니 나는 이대로가 좋다고 생각한다. 그렇지만 이국에
있는 조선인은 모두 외로움을 탄다.
나도 외롭기 때문에 외롭다고 쓰고 싶었다'
 라고 눈을 반짝이며 열의에 차 말한다.
 모두가 진지한 얼굴로 그를 주목 한다.

 '이 시의 합평회에도 그 점을 말해 보자' 라고 책임자인
A군이 정리 한다.
 '알았다' 라며 모두가 납득한다.
B씨가 작품 속에 엄마와 아이 문제를 제기한다.
작품 하나하나에 대해 모두가 진지하게 평가한다.
어느새 4평짜리 방이 비좁아져 있다.
눈으로 좇으니 20여명의 사람들이 참가하고 있는 것이다.
가만히 뜨거운 것이 복받쳐 오른다.

발언하는 것은 아직 빠르다고 되새긴다.
그러나 발언을 참을 수 없다.
제1집 시집을 받았을 때에는 허술한 시집이었지만, 2집, 3
집 훌륭한 시집이 되었다.

이 만큼의 사람들이 모여 있다.
이 사실
이 진지한 모임을 더욱 키우고, 한층 많은 동료들을 만들
어 이 합평회를 모두의 것으로 하자고
젊은 친구들이 내게 말한다.

밤은 온통 거리를 차갑게 감싸 버렸지만
유리문 하나를 사이에 둔 이 안은
새로움 숨결로 따뜻하게 달아오른다.
오 오 동료들아
이 숨결에 귀를 기우려라.

시마 규헤이島久平

　정중한 편지를 보내 주셔서 송구합니다.
　'진달래의 저녁'에서 여러분의 건강하고 열정적인 활약
을 접할 수 있어서 매우 유쾌하고 즐겁게 생각했습니다.
　앞으로도 여러분의 건강과 발전을 절실하게 바라마지 않
습니다. 여러 가지 곤란한 문제도 있겠지만 건투하기를, 매
일 조선과 일본의 친선을 기원합니다.
　부디 모두에게 안부를 전해 주세요, 후략

『산하山河』 편집부

　소식 감사합니다. 앞으로도 자주 연락하기 바랍니다. 『진
달래』는 이전부터 주목하고 있었고, 우리들 자신의 소재가
『진달래』의 방향과 이어져 있는 것도 부정할 수 없습니

다. 기념회 때『진달래』를 고치高知의 서클지『철과 모래』
에 빼앗겨 지금 가지고 있지 않습니다. 한 부 보내 주시겠
습니까. 김시종씨께도 안부 전해 주십시오.

편집후기

ㅇ우리들이 전 세계 평화애호가들과 교류하기를 원한다는
의미로 12호를 바르샤바에 보낸다.
  당초의 편집플랜은 12호를 바르샤바 특집호로 꾸미려는
것이었으나, 일부러 특집호로 만들 필요성을 느끼지 않게
되었다. 우리 집단의 역량부족도 있지만, 현실적으로 우리들
하나하나의 시 창작 과정은 생활의 기본적인 문제(핵폭탄에
대한 증오)를 빼놓고는 생각할 수 없다. 이 점이 실질적인
문제다. 증오의 지속성을 현실적으로 우리들 시창작의 과제
로 삼아야 한다고 생각한다. 우리들이 다른 모든 소재를 취
급할 때도 마찬가지다.

ㅇ바르샤바의 세계청년학생평화우호제 참가를 슬로건으로
조선인 연극집단이 공연하였고, 우리들도 슈프레히코어[4]로
참가했다. 집단 합작으로「오무라大村 수용소」를 상연했고,
여러 가지 미흡함에도 불구하고 호평을 받은 듯하다. 집단
의 구성원들과 함께 기뻐하고 싶다.

ㅇ소천약(邵泉若)군이 작품을 보내 주었으나 편집 종료 이후였

---

4) 무대의 등장인물들이 시(詩)나 대사를 합창 형식으로 부르는 방법; 전
  하여, 집회나 행진 등에서 슬로건 등을 일제히 외치는 일.

기에, 아쉽지만 다음 호에 게재하기로 결정했다. 양해 바란다.

진달래 제 12호

　　1955년 6월 30일 인쇄
　　1955년 7월 1일 발행
　　편집책임자 정인
　　발행책임자 박실
　　인쇄소 아히루 공예사(조선인회관 내)
　　발행소 오사카시大阪市 이쿠노구生野区 히가시東 모모타
　　　　니쵸桃谷丁 4-224
　　　　　오사카조선시인집단

印刷所　大阪市生野区東桃谷四ノ二二四

發行所　大阪朝鮮詩人集団

發行責任者　　朴　実

編集責任者　　鄭　仁

一九五五年七月一日　發行　　頒価二〇円

一九五五年六月三〇日　印刷

진달래　第十二号

あひる工芸社（朝鮮人会館内）

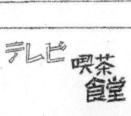

저자약력

◈김용안(金容安)
한국외국어대학교 대학원 졸업. 문학박사. 근현대문학 전공.
현, 한양여자대학교 일본어통번역과 교수.

◈ 마경옥(馬京玉)
니쇼각샤대학 대학원 졸업. 문학박사. 일본 근현대문학 전공.
현, 극동대학교 일본어학과 부교수, 한국일본근대문학회장.

◈ 박정이(朴正伊)
고베여자대학 대학원 졸업. 문학박사. 일본 근현대문학 전공.
현, 부산외국어대학교 만오교양대학 조교수.

◈ 손지연(孫知延)
나고야대학 대학원 졸업. 학술박사. 일본 근현대문학 전공.
현, 경희대학교 후마니타스칼리지 객원교수.

◈ 심수경(沈秀卿)
도쿄도립대학 대학원 졸업. 문학박사. 일본 근현대문학 전공.
현, 서일대학교 비즈니스일본어과 조교수.

◈ 유미선(劉美善)
동국대학교 대학원 졸업. 문학박사. 일본 근현대문학 전공.
현, 극동대학교 강사.

◈ 이승진(李丞鎭)

오사카대학 대학원 졸업. 문학박사. 비교문학 전공.
현, 동국대학교 일본학연구소 연구원.

◈ 한해윤(韓諧昀)

도호쿠대학 대학원 졸업. 문학박사. 일본 근현대문학 전공
현, 성신여자대학교 강사.

◈ 가네코 루리코(金子るリ子)

전남대학교 대학원 졸업. 문학박사. 일본어교육, 한일비교언어문화 전공.
현, 극동대학교 일본어학과 조교수.

◆ 번역담당호수

김용안 : 4호, 11호, 17호
마경옥 : 1호, 15호, 가리온3호 후반
박정이 : 2호, 9호, 20호
손지연 : 7호, 14호(전반), 가리온(전반)
심수경 : 8호, 14호(후반), 16호
유미선 : 3호, 10호, 18호
이승진 : 5호, 12호, 19호
한해윤 : 6호, 13호, 가리온1,2,3호 8페이지 까지
가네코루리코(金子るリ子): 일본어 자문

(재일에스닉잡지연구회 번역총서)

진달래 2

초판 인쇄 ｜ 2016년 5월 16일
초판 발행 ｜ 2016년 5월 16일

저(역)자 ｜ 재일에스닉잡지연구회
발 행 인 ｜ 윤석산
발 행 처 ｜ (도)지식과교양

등　　록 ｜ 제2010-19호
주　　소 ｜ 서울시 도봉구 쌍문1동 423-43 백상102호
전　　화 ｜ (대표)02-996-0041 / (편집부)02-900-4520
팩　　스 ｜ 02-996-0043
전자우편 ｜ kncbook@hanmail.net